書下ろし

夜《や》叉《しゃ》の涙

風烈廻り与力・青柳剣一郎㊵

小杉健治

祥伝社文庫

目次

新吉原江戸町
妓楼『結城屋』
池之端仲町
足袋問屋『三国屋』
山谷堀
浅草花川戸
浅草奥山
浅草寺
吾妻橋
不忍池
湯島天神
小石川
本郷
神田明神
三味線堀
広小路
下谷
湯島聖堂
昌平橋
筋違橋
神田佐久間町
神田川
両国橋
竪川
新大橋
隅田川
北森下町
江戸城
三四の番屋
小名木川
永代橋
仙台堀
佐賀町
深川
霊岸島
南町奉行所
楓川
八丁堀
鉄砲洲稲荷
明石町
芝露月町
大川端町
骨董屋『風雅堂』
深川櫓下
子供屋『桔梗家』

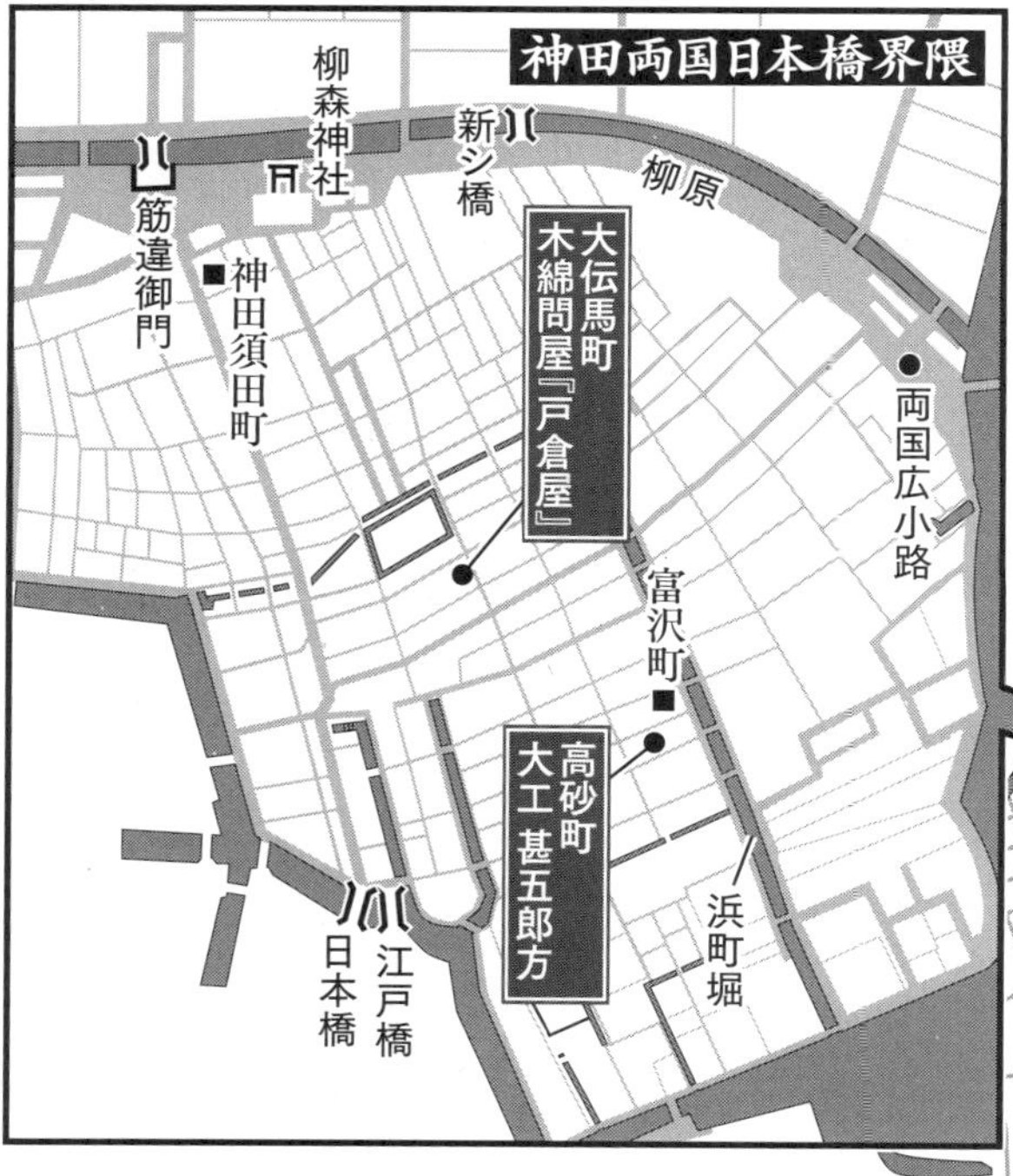
神田両国日本橋界隈
柳森神社
新シ橋
柳原
筋違御門
神田須田町
大伝馬町
木綿問屋『戸倉屋』
両国広小路
富沢町
高砂町
大工 甚五郎方
浜町堀
日本橋
江戸橋

北
西
東
南

「夜叉の涙」の舞台

第一章　報復《ほうふく》

一

朝から吹いてきた強風は夜の五つ半（午後九時）近くになってだいぶ静まってきた。まだときたま砂ぼこりが舞うが、立ち止まって目をつぶるほどではなかった。

江戸の冬は空気も乾き、強い北西の風が吹くので一度火が出れば大火事に発展する。失火だけでなく付け火もあり、強風が吹き荒れた日には、風烈廻《ふうれつまわ》り与力《よりき》の青柳剣一郎《あおやぎけんいちろう》は同心の礒島源太郎《いそじまげんたろう》と大信田新吾《おおしだしんご》と共に見廻りに出るのだ。

通旅籠町《とおりはたごちょう》から大伝馬町《おおてんまちょう》二丁目に差しかかったとき、大伝馬町一丁目のほうからやってきた鳶《とび》の者ふたりが立ち止まり、ふいに四つ辻を堀江町《ほりえちょう》のほうに曲がった。火事の見廻りに出ていたのだろう。この界隈《かいわい》は一番組『は組』の受け持ちだ。

剣一郎は鳶の者があわてて曲がったように思えた。こちらの一行《いっこう》を目にして逃げたようにも思えなくもなかった。

一丁目との境《さかい》の四つ辻にやってきて、剣一郎は鳶のふたりが曲がって行ったほうを眺めた。

しかし、暗がりに鳶の姿はすでになかった。

「青柳さま、どうかなさいましたか」

礒島源太郎が訝《いぶか》しげにきいた。

「さっきの鳶の者、急にこっちに曲がって行ったのでな」

「そう言えば、我々に気づいて、急に曲がったような印象でした」

大信田新吾が答えた。

「確かにそんな感じだった」

剣一郎はなんとなく引っかかったが、それが何かははっきりしなかった。

「さあ、行くか」

剣一郎は穏《おだ》やかになった風にようやく緊張を解《と》いた。いっしょに見廻りに出ていたふたりも表情を和《やわ》らげた。

大伝馬町一丁目に入って、剣一郎はまたもさっきの鳶の者を思い出した。なぜ、途中で曲がったのか。

剣一郎はおやっと思った。また『は組』の半纏《はんてん》を着た男たちに出会ったのだ。五人の真ん中に頭《かしら》の惣兵衛《そうべえ》がいた。

「これは青柳さま」

惣兵衛が一歩前に出た。

「ごくろう。風も治《おさ》まった」

「はい。念のため、もうしばらく見廻ってみようと思います」

「そうか。さっきもそこで『は組』の者を見かけた。ふたりだ。堀江町のほうに曲がって行った」

「ふたりですかえ」

惣兵衛は怪訝《けげん》そうな顔をしたが、

「そうですかえ。受け持ちを手分けしてまわっていますので」

と言いながら首を傾《かし》げた。

「どうした？」

「いえ、ふたりというのが……。あっしらは何があってもいいように最低四人以上で動いています。四人いれば、二カ所で同時に異変があってもふたりずつで対処できますので。ですから、他のふたりはどうしたのかと思いましてね」

「異変があった様子ではなかったな。そなたたちの前を歩いていたようだ」

「気がつきませんでした。帰ったら確かめてみます。じゃあ、失礼いたします」

惣兵衛はすれ違って行った。

再び、歩きはじめたが、剣一郎は気になった。惣兵衛の一行の前にあのふたりの鳶がいたのだ。しかし、惣兵衛はふたりを見ていない。

ということは、あのふたりはどこかから出てきたのだ。この界隈は木綿《もめん》問屋などの大店《おおだな》が並んでいる。

「源太郎、新吾」

剣一郎はふたりを呼んだ。

「すまぬが、この両側の店に、鳶の者がやってこなかったか確かめてくれぬか」

「さっきの鳶の者ですね」

「そうだ」

「わかりました。さっそく」

ふたりは手分けをして商家に向かった。

待つほどのこともなく、源太郎が早くも駆け寄ってきた。

「そこの木綿問屋『戸倉屋《とくらや》』に『は組』の者が訪ねてきたそうです」

「よし」

剣一郎は源太郎に耳打ちをし、ひとりで『戸倉屋』に足を向けた。

潜《くぐ》り戸の外に番頭《ばんとう》ふうの男が待っていた。

「主人に会いたい」

「はい、どうぞ」

番頭は土間に招《しょう》じた。

「旦那《だんな》をお呼びして」

番頭が手代《てだい》に言う。

「はい」

あわてて、手代が奥に向かった。

すぐに『戸倉屋』の主人浪右衛門《なみえもん》が店の座敷に出てきた。その横に、二十歳前後の端整《たんせい》な顔立ちの男がいた。息子であろう。

「青柳さま。何事でございましょうか」

不安そうな表情できいた。

「『は組』の者がやってきたようだな」

「はい。お見えでした」

「どんな用だ？」

「はい、裏塀《うらべい》の内側に何かを投げ入れた男がいた。付け火とは思えないが、気になるので調べさせてくれと」

「引き入れたのか」

「はい。裏にまわってもらい、裏口から」

「戸を開けたのは？」

「私でございます」

番頭が答える。

「番頭さんか」

「はい。喜助《きすけ》にございます」

裏口の心張《しんば》り棒を外して戸を開け、鳶の者を庭に入れた。鳶の者が塀の内側を調べたが、何も見つからなかったという。

「鳶の者は何人だ？」

「ふたりです」

「ふたりとも庭に入ったのだな」

「はい」

「ふたりとも外に出たのか」

「はい。何もなかったと言い、外に出て行きました」

「ふたりが調べている間、裏口には誰かいたのか」

「私がいました」

「一度も離れなかったのか」

「いえ、一度、鳶の男に呼ばれました」

「呼ばれた？」

「はい。土蔵の近くに手拭《てぬぐ》いが落ちていたのです。お店のものでした。強風で飛ばされたものだとわかりました」

「その間、裏口には誰もいなかったのだな」

「いえ、手代が控《ひか》えていました」

「手代がずっと裏口にいたのか」

「庭を離れる際に、声をかけて来てもらいました」

「その手代は？」

「私です」
二十四、五歳の男が前に出てきた。
「そなたは、裏口をずっと見ていたのか」

「はい」

「誰か入ってきたのを見たか」

「鳶の者が入ってくるのを見ました」

「鳶の者？」

「はい」

「いつだ？」

「番頭さんが土蔵のほうに行かれたあとです」

「ふたりのうちのひとりか」

「てっきりそうだと……。小柄な男でした」

「では、鳶の者は三人いたのか」

「私はふたりしか見ていません」

番頭が顔色を変えた。

「出て行ったのは何人だ？」

「ふたりです」

「庭に案内してくれ」

「はい」

剣一郎は番頭の案内で勝手口を抜けて庭に出た。

「裏口を開けてくれ。配下の者がいる」

「はい」

番頭は裏口に向かい、心張り棒を外した。鋭《するど》い忍《しの》び返《がえ》しのついた塀は侵入者を寄せつけないようにそびえ立っていた。

戸が開くと、源太郎と新吾が入ってきた。

「誰も出てきていません」

供の小者から提灯《ちょうちん》を受け取り、源太郎と新吾は土蔵の裏に向かった。庭の木々の間から提灯の明かりが揺れている。

しばらくして、源太郎が戻ってきた。

「いません」

「…………」

そんなはずはないと思ったとき、剣一郎は母家《おもや》に目を向けた。

「床下《ゆかした》だ」

「はっ」

源太郎と新吾は母家に駆け寄り、床下に提灯の明かりを向けた。

「あっ、何やら動くものが」

新吾が叫《さけ》び、床下にもぐり込む。

源太郎も床下に入ろうとしたとき、いきなり床下から鳶の格好《かっこう》をした男が飛び出してきた。

男は剣一郎の前でたたらを踏んだ。

「どきやがれ」

男は懐《ふところ》から匕首《あいくち》を抜いた。

「もう逃げられぬ。観念《かんねん》せよ」

「ちくしょう」

男は闇雲《やみくも》に向かってきた。

剣一郎は匕首を躱《かわ》し、相手の腕を掴《つか》んでひねった。相手は一回転して地べたに背中から落ちた。

そこを源太郎が取り押さえた。まだ若い男だ。二十五、六歳か。

「青柳さま」

主人の浪右衛門が駆け寄った。

「この者は？」

「おそらく押込《おしこ》みの一味であろう」

「押込み……」

浪右衛門が唖然《あぜん》とした。

「火消しの見廻りを利用し、庭に入り込んで、この男だけ庭に忍び込ませたのだ。今夜遅く、裏口を開けて仲間を引き入れるつもりだったに違いない」

「………」

浪右衛門は言葉を失っている。

「あとは我らに任せ、そなたたちは母家から庭に出ないように。これは押込み一味を捕まえるいい機会だ」

「わかりました」

浪右衛門は頷《うなず》いたが、番頭と手代は恐怖にうち震えているようだった。

小者を八丁堀《はっちょうぼり》の組屋敷に走らせ、定町廻《じょうまちまわ》りの植村京之進《うえむらきょうのしん》に『戸倉屋』に来るように伝言させた。

「源太郎と新吾は店の周辺に怪《あや》しい人間がいないか調べるのだ」

「はい」

この機にいっきに一味を捕縛《ほばく》するためには、男が捕まったことを知られてはならない。男を大番屋《おおばんや》には連れて行かず、そのまま『戸倉屋』に留め置くことにした。

四半刻（三十分）後に、京之進が駆けつけてきた。

「青柳さま」

「京之進、待っていた」

剣一郎は事情を説明した。

「ふた月前にも芝露月町《しばろうげつちょう》の質屋に押込みが入り、店にいた主人と番頭、手代の三人が殺され、八百両盗まれました。このときも強風が吹き荒れていた夜でした」

「同じかもしれぬ」

剣一郎は応じた。

「私はこれから奉行所に行き、応援を……」

そのとき、夜陰《やいん》に指笛《ゆびぶえ》が響き、京之進は言葉を止めた。

「なんでしょう」

剣一郎は土蔵の近くで後《うし》ろ手《で》に縛《しば》り上げていた男を見た。

「合図《あいず》かもしれぬ」

剣一郎は男のそばに行った。

「今の指笛はなんだ？」

「さあね」

男は口元を歪《ゆが》めて笑った。

「仲間だな」

「当てが外れましたね」

「仲間はどこかから様子を窺《うかが》っていたのか」

「かもしれませんね」

「では、今の合図は？」

「中止ってことじゃねえですか」

新吾が駆けつけてきた。

「怪しい男が逃げて行きました」

「残念でした。もう、来ませんぜ」

男はおかしそうに笑った。

「よくそんな呑気《のんき》に笑っていられるな」

剣一郎は不思議そうに言う。

「おまえを見捨てて仲間は逃げたのではないか」

「俺はただ言われたとおり、庭に入り込んだだけだ。そんな重い罪にはならねえ」

「誰がそう言った?」

剣一郎は哀《あわ》れむように、

「誰に言われたかわからぬが、そうはいかぬ。庭に前もって忍び込んで、あとで仲間を引き入れる。かなり悪どい手口だ」

「俺はそれだけの役割だ。盗《ぬす》みはやらねえ」

「誰がそんなことを信じる? そのあと、仲間といっしょに主人を脅《おど》し、土蔵の鍵《かぎ》を出させ……」

「違う。俺はそこまでしねえ」

「おまえの言い分だけで通用すると思うか。仲間はうまい酒を呑《の》んだり、女と楽しんだりするのに、おまえだけ牢暮《ろう》らしか。へたをすれば死罪……」

「………」

男は泣きそうな顔になった。

「おまえの言い分を信じてもらうにはなんでも正直に話すしかない。ひとつでも嘘《うそ》をつけば、すべてが嘘と思われる。よいか」

「へえ」

男は観念したように頷いた。

「まず、おまえの名は？」

「時蔵《ときぞう》です」

「頭の名は？」

「銀次《ぎんじ》兄《に》いと留蔵《とめぞう》兄いは『鬼夜叉《おにやしゃ》』のお頭って呼んでました」

「鬼夜叉だと？」

剣一郎は聞きとがめた。

「知っているか」

剣一郎は京之進にきいた。

「いえ。初耳です。でも、二年ほど前から残忍《ざんにん》な押込みが何件も発生しています。同じ押込み一味のようでしたが、賊《ぞく》は顔を見た者はみな容赦《ようしゃ》なく殺しているようです。ですから、賊の輪郭《りんかく》も皆目《かいもく》わかりませんでした。この押込みが一連のものと同じだとしたら、はじめて賊の姿がおぼろげながら浮かび上がったといえます」

京之進は興奮して、

「芝露月町の質屋の押込みも鬼夜叉の仕業《しわざ》だな」

と、時蔵にきいた。

「そうです」

「頭の実の名をきいていないか」

「いえ」

「銀次と留蔵とは、鳶の格好で『戸倉屋』に入り込んだ男か」

剣一郎は確かめる。

「そうです」

「一味の隠れ家《が》は？」

「知らねえ」

「何、知らぬだと？　今、なんでも正直に話すと言ったばかりではないか」

剣一郎はたしなめる。

「ほんとうだ、信じてください」

時蔵は泣きそうな顔で訴えた。

「これはじっくり聞く必要がある。あとは頼んだ」

剣一郎は京之進に任せた。

「はっ」

京之進は答え、

「よし、あとは大番屋で聞こう」

と、時蔵をせき立てる。

一連の残虐《ざんぎやく》な押込みが『鬼夜叉』と呼ばれている押込み一味の仕業であることがわかり、京之進は意気込《いきご》んでいた。

剣一郎は主人の浪右衛門に事情を説明し、『戸倉屋』をあとにした。

二

浜町堀《はまちようぼり》に近い『呑兵衛《のんべえ》』という居酒屋は棒手振《ぼてふ》りや日傭取《ひようと》り、駕籠《かご》かき、大《だい》道《どう》芸人などで今夜も混み合っていた。

「ふざけやがって」

浪太郎《なみたろう》は湯呑みを傾《かたむ》けながら吐き捨てた。

冗談じゃねぇ、俺は『戸倉屋』の跡取《あとと》りだ。たかが算盤《そろばん》の勘定《かんじょう》を間違えただけで、がみがみ叱《しか》りやがって。親父が俺をばかにするから、番頭まで甘く見るのだ。手代まで俺をばかにした目で見る。

帳場の金だってちょっと借りただけだ。馴染《なじ》みの女に会いに行くためのはした金だ。いずれ返すつもりだ。

『戸倉屋』は間口も広く、表に大きな紺《こん》の暖簾《のれん》がかかっている。奉公人もたくさんいる。木綿を扱っている店が軒《のき》を連ねた大伝馬町の中でも、『戸倉屋』の「うだつ」は一際《ひときわ》目立つ。「うだつ」は屋根より一段高く小屋根のついた土壁は防火を兼ねた飾りだが、店の格を示している。

その「うだつ」でもわかるように『戸倉屋』は一流の店だ。一日の売上はたいそうなものだ。繁盛《はんじょう》しているから土蔵には金が唸《うな》るほどある。跡取りの俺がそこから少しだけ拝借《はいしゃく》してもなんら問題ないはずだ。

それをまるで盗人《ぬすっと》のように責めやがって……。

浪太郎にもう半刻（一時間）近く、小上がりの隅《すみ》でひとりで酒を呑んでいた。

浪太郎は二十三歳。小肥《こぶと》りで、何の特徴もない顔立ちだ。強《し》いて言えばえらがやや張っているぐらいか。

「なんでえ、俺を半人前扱《はんにんまえ》いにしやがって」

得意先への挨拶《あいさつ》だって、俺ひとりでいいのに番頭をつける。訪問先で番頭ばかりが話すから先方は俺のことなどてんで目に入らねえ。ちくしょう、何度悔《くや》しい思いをしたことか。

「若旦那。また、ここでしたかえ」

その声に顔を上げると、大工《だいく》の甚五郎《じんごろう》だった。

「親方か」

「親方か、はねえでしょう。そんないやそうな顔をしないで。さあ」

「うっちゃってくんな」

「若旦那。いけませんぜ。旦那がご心配なさるじゃありませんか」

「心配なんかしているもんか。おとっつあんは俺を見捨てているんだ」

「また、そのようなことを」

「『戸倉屋』の跡取りは俺じゃねえ。浪二郎《なみじろう》だ」

浪太郎はふたつ違いの弟の名を出す。

「何を言うんですか。浪太郎さんは『戸倉屋』の立派な跡取りじゃないですか」

「親方だって、わかっているはずだ。俺より浪二郎のほうが頭は切れるし、顔だっていい。背だって俺より高く、見映《みば》えがする。おとっつあんもおっかさんも、俺より浪二郎を可愛《かわい》がっている」

小さい頃から、読み書きも算盤も、浪二郎のほうが優《すぐ》れていた。何をやっても、弟のほうが勝っていた。

だから、いつも叱られていた。出来るまで飯もお預《あず》けだった。なにも憎《にく》くて怒っているんじゃないよ、おまえのためを思って心を鬼にしているんだよ。母はいつもそう言ったが、そうは思えなかった。

「親父もお袋も、『戸倉屋』を浪二郎に継《つ》がせたいと思っているんだ」

浪太郎は吐き捨てた。

「そんなことありませんぜ。旦那も内儀《おかみ》さんも若旦那に期待していなさる」

「慰《なぐさ》めなんて、よしとくれ」

徳利《とっくり》が空《から》になったので、浪太郎は小女《こおんな》を呼んで酒を追加した。

振り向いたとき、床几《しょうぎ》に座って呑んでいる遊び人ふうの男と目が合った。男は微《かす》かに笑ったように思えた。

浪太郎はつまらなそうに顔を戻す。

「若旦那。帰りましょう」

甚五郎は強く言う。

「酒を頼んだ」

「じゃあ、それで最後ですよ。今夜はあっしと呑んでいたことにしますから」

「親方だけだ、俺の味方は……」

「何言うんですね。若旦那のことは皆さん……」

「いい、そんな話」

浪太郎は遮《さえぎ》った。

「お待たせしました」

小女が酒を運んできた。

甚五郎が徳利を摑み、浪太郎の湯呑みに酒を注《つ》ぐ。

「すまない」

浪太郎は湯呑みを摑んで、

「親方が俺のおとっつあんだったらな」

と、呟《つぶや》く。

「何つまんないことを言っているんですかえ」

「ほんとうにそう思うぜ。あんな男が親父だったために……」

「若旦那。そんなこと滅多《めった》に口にするもんじゃありませんぜ」

「ここにおくぜ」

横で、声がした。床几で呑んでいた遊び人ふうの男だ。

顔を向けると、男は戸口の前で振り返った。また、微かに笑ったような気がした。

「若旦那、どうしましたえ」

甚五郎も戸口に顔を向けた。その前に、遊び人ふうの男は外に出て行った。

「いや、なんでもねえ」

そう言い、浪太郎は湯呑みを口に運んだ。

「そうですかえ」

「俺はばかだったぜ」

「何がばかなんですね」

「俺に芝居《しばい》見物や音曲《おんぎよく》など習わせてくれた。俺に好きなことをやらせてくれる親父に感謝したものだ。ところが、どうだえ。その間、浪二郎には商売をみっちり教えていた」

　音曲の師匠のところに通うのを許した親父は、浪二郎には店の手伝いをさせたっ。いい気になって、端唄《はうた》を覚え、芝居見物に現《うつつ》を抜かしている間、浪二郎には商人《あきんど》としての素養を身につけさせていた。

　寄合《よりあい》にも親父は浪太郎だけでなく浪二郎も連れて行く。なぜ、浪二郎もいっしょなのだ。跡取りの俺が行けばいいはずではないか。

　そのことに不審を抱《いだ》いていたが、親父の腹の底を知ったのは、音曲の師匠のところでよく会う職人の久米蔵《くめぞう》と話したときだった。四十過ぎの独《ひと》り身で、いつも口元を歪ませている。

　三月《みつき》ぐらい前のことだ。稽古《けいこ》を終えて師匠の家を出たとき、久米蔵が追ってきていた。

「こんな昼間から音曲の稽古に来ていて、親はなんにも言わないのか」

「何も。好きなことをやらせてくれるんだ」

　浪太郎が呑気《のんき》に答えると、

「あんたには弟がいるんじゃないか」

と、きいてきた。

「いる」

「出来はいいだろう」

「ああ、俺より呑み込みが早く、何につけても弟に敵《かな》わない。俺が勝てるのは音曲だけだ」

浪太郎は自嘲《じちょう》した。

「そうだろうな」

男は勝手に頷く。

「なにが、だ?」

「親父さん、弟に店を継《つ》がせたいんだろう」

「………」

浪太郎は耳を疑い、すぐには声が出せなかった。

「おまえさんがそれでいいならいいが」

「ちょっと待ってくれ。どういうことなんだ?」

「だいたい、どこも跡取りは長男だ。次男のほうに商才があると思っても、長男を差し置いて次男に跡を継がせるわけにはいかねえ。世間どころか親戚だって承知しない。そうだろう？」

「…………」

「それでも次男に店を継がせたいと思ったらどうする？」

聞いていて、浪太郎の胸に不快なものが広がってきた。男は浪太郎の顔色が変わったのを見て、

「わかったようだな。そうだよ、長男は道楽者《どうらくもの》で、店を譲《ゆず》ったら身代《しんだい》を潰《つぶ》してしまうかもしれないと周囲に思わせればいいのだ」

「そんなはずない」

浪太郎は打ち消したが、その言葉は棘《とげ》のように胸に刺さった。以来、心が弾《はず》まない日々を過ごした。

親父は浪二郎に店を譲ろうとしている。そういう目で見ると、明らかに親父の態度に納得できるところがあった。

間違いない。親父は俺を疎《うと》ましく思っているのだと気づき、浪太郎の暮らしは荒れた。

「若旦那」

甚五郎の声で、はっと我に返った。

「さあ、もう帰りましょう」

「いや。帰る気はしねえ」

「何を言いなさる。昨夜《ゆうべ》も帰ってないんですからね」

「………」

一昨日と昨夜の二晩、吉原《よしわら》の妓楼《ぎろう》『結城屋《ゆうきや》』の糸菊《いとぎく》という花魁《おいらん》と過ごした。今朝、吉原を引き上げたが、さすがにこのまま家に帰るのはきまり悪く、甚五郎の家に寄って夕方まで過ごした。

夕方になって、背中を押されるようにして高砂町《たかさごちよう》の甚五郎の家を出たが、やはり帰るのも気が重くなって目についた居酒屋の玉暖簾《たまのれん》をかきわけていた。ここには以前、甚五郎といっしょに来たことがあった。

「若旦那。きのうの騒ぎ、知らないでしょう」

甚五郎が言う。

「きのうの騒ぎ?」

「ええ、お店は危なかったんですぜ。もし、南町《みなみまち》の青柳さまがいなかったら、たいへんなことになっていたそうです」

「青柳さまって青痣《あおあざ》与力か」

浪太郎はきいた。

「ええ、青痣与力の青柳剣一郎さまです」

青柳剣一郎が与力になりたての頃の話だ。押込み事件があり、その押込み犯の中に単身で乗りこみ、賊を全員退治した。そのとき頬《ほお》に受けた傷《きず》が青痣として残った。その青痣が、勇気と強さの象徴のように思われた。ひとびとは畏敬《いけい》の念をもって、剣一郎のことを青痣与力と呼ぶようになったという話を聞いていた。

「今朝《けさ》、若旦那がうちにいるから安心してくださいと伝えに行ったら、町方《まちかた》が来ていました。旦那にわけをきいたら、お店が『鬼夜叉』という押込み一味に狙《ねら》われたってことです」

甚五郎は親父から聞いた話をした。

「火消しの格好をしていたので、店の者は誰も疑いはしなかったそうです。青柳さまの機転がなければ、夜中に押し込まれたと旦那は青い顔をしてましたぜ」

「そんなことがあったのか。そう言えば、きのうは風が強かったな」

浪太郎は呟く。

「ですから、きょうは帰ったほうがいいですぜ」

「もう襲われる心配はないんだろう」

浪太郎は言う。

「それはそうですが、旦那も内儀さんも心細いでしょうから」

「浪二郎がいるから心配いらないよ」

「若旦那」

甚五郎が語気を強めた。

「どうして、そんなふうに思うんですかえ」

「だって、そうだから仕方ないじゃないか」

浪太郎は徳利を摑んだ。空だった。

「もういけませんよ」

甚五郎がたしなめる。

「さあ、帰りましょう。お送りいたします」

甚五郎は強い口調で言う。

浪太郎は仕方なく立ち上がった。

「若旦那。旦那に自分の気持ちを正直に話すんです。いいですね」

大伝馬町一丁目に向かう途中、甚五郎がくどく言った。

今さら話したって無駄だと言おうとしたが、浪太郎は口をつぐんだ。

『戸倉屋』に着いた。もう大戸は閉まっている。

潜り戸を叩《たた》き、甚五郎が中に声をかけた。

「夜分すみません。高砂町の甚五郎でございます」

覗《のぞ》き窓が開き、大きな目が覗いた。

やがて、潜り戸が開いた。番頭が顔を出した。

「親方、どうぞ」

「すみません」

甚五郎が先に土間に入り、浪太郎が続いた。

「あっ、若旦那」

番頭が声を上げ、

「お帰りなさいまし」

と、あわてて頭を下げた。

浪太郎は戸口に不貞腐《ふてくさ》れたように立った。

「旦那さんにご挨拶をしたいのですが」

甚五郎が言うと、

「旦那をお呼びして」

と、番頭は手代に声をかけた。

手代が奥に引っ込む。

「若旦那、何をしているんですかえ。さあ」

甚五郎が声をかける。

浪太郎が座敷の近くまで行ったとき、奥から浪右衛門が足早《あしばや》にやって来た。後ろから浪二郎がついてきた。

「浪太郎、帰ってきたか」

「兄さん、お帰り」

浪二郎がにこやかな顔で言う。

「ああ」

「浪太郎。なんだ、その態度は」

浪右衛門の顔つきが変わった。

「旦那。若旦那はきまり悪いんですよ。この時間まで、あっしが若旦那を引き止めてしまいました。申し訳ございません」

甚五郎はあわてて割って入り、

「どうか今夜のところはあっしに免《めん》じて……」

と、頭を深々と下げた。

「親方。いつもすまないね」

浪右衛門は甚五郎に礼を言う。

「とんでもない。旦那、どうか若旦那の話を聞いてあげてください」

「うむ」

「若旦那。いいですね」

浪太郎に念を押し、甚五郎は潜り戸を出て行った。

「浪太郎、私の部屋に来なさい」

浪太郎は店の奥の浪右衛門の部屋に向かった。

「浪太郎」

「おっかさん」

母のおふさが廊下に立っていた。

「さあ、入れ」

浪右衛門は厳しい顔で言う。

浪太郎は部屋に入った。

「私だけでいい」

おふさを閉め出し、浪右衛門は障子《しょうじ》を閉めた。

向かい合ってから、浪右衛門が口を開く。

「この三日間、どこに行っていたのだ？」

「………………」

浪太郎は返答に窮《きゅう》した。

「どうした、言えないのか。言わなくともわかっている。吉原だな」

「………………」

「やはり、吉原に入り浸《びた》っていたのか」

「ええ」

「店の金をくすねてか」

「ちょっと借りただけです」

「誰に断ったのだ？　誰かの許しを得たのか」

「いえ」

浪太郎は俯《うつむ》いた。

「黙って持っていけば泥棒《どろぼう》だ」

「泥棒だって」

浪太郎は脳天《のうてん》を殴《なぐ》られたような衝撃を受けた。

「『戸倉屋』は……」

いずれ俺のものになるんだ。いわば俺の金と同じだと言おうとした。だが、興奮して、声にならなかった。

「浪太郎。おまえという奴はどうしたというんだ」

浪右衛門の頰が痙攣《けいれん》した。

「おとっつあんこそ、俺が邪魔なら邪魔だとはっきり言えばいいじゃないか」

「なに」

いきなり障子が開いて、母のおふさが入ってきた。

「おまえさん、今夜は遅いから明日にしましょう。浪太郎も帰ってきたばかりで、まだ落ち着いていないだろうから」

浪右衛門は大きく息を吐き、

「よし、浪太郎。今夜一晩自分がやったことをよく考えるのだ」

「浪太郎、部屋に帰ってゆっくりおやすみ」

「そうします」

浪太郎は立ち上がったが、体がよろめいてあわてて足を踏ん張った。酔いがまわってきたわけではない。父の怒りの籠《こ》もった目が浪太郎を突き放すように見えたのだ。

やはり、俺は邪魔者だと思わざるを得なかった。

三

翌日の昼過ぎ、与力部屋に京之進がやってきた。

「時蔵は自白したか」

剣一郎は確かめる。

「それが、だめです」

「だめ？」

「一昨日、大番屋に連れて行き、取り調べをはじめてすぐ、また指笛が聞こえました。それから、時蔵は黙ってしまいました」

「脅しの指笛か」

「おそらく。それからは一切《いっさい》口をきこうとしません」

「一味は大番屋まであとをつけてきたようだな。時蔵は一味の隠れ家を知っていると思うか」

　剣一郎は時蔵の様子を思いだしてきく。

「どうも、時蔵は鬼夜叉の一味にしては頼りなさそうです。時蔵が言うように、利用されただけかもしれません」

「わしもそう思う。ただ、そうだとしても、銀次か留蔵のいずれかの住まいは知っているはずだ。それだけでもききだしたい」

　剣一郎はふと疑問に思った。

「時蔵は何を恐れているのか。ひょっとしたら人質《ひとじち》をとられているのかもしれぬな」

「人質ですか」

「女かもしれぬな」

「女ですか」

「もし、よけいなことを喋《しゃべ》れば女の命がないという脅しの指笛だ」

「なるほど」

「よし。わしが時蔵を調べてみよう」

「はっ」

一足先に京之進が大番屋に向かい、剣一郎もあとを追うように奉行所を出た。

剣一郎は本材木町《ほんざいもくちょう》三丁目と四丁目の境にある『三四《さんし》の番屋《ばんや》』と呼ばれる大番屋に行った。楓川《もみじがわ》沿いにあり、対岸は八丁堀だ。

大番屋で、京之進はすでに時蔵を取り調べていた。

「青柳さま」

京之進が疲れた顔を向けた。

「相変《あいか》わらず、口をつぐんだままです」

「代わろう」

剣一郎は土間の筵《むしろ》の上に座っている時蔵の前に立った。

不貞腐れたように時蔵は顔を背《そむ》ける。

「そなた、ほんとうに鬼夜叉の仲間ではないのだな」

剣一郎は訊《たず》ねる。

「ほんとうだ」

時蔵は身を乗り出して言う。

「だから、鬼夜叉の隠れ家は知らない。そうだな」

「そうです。一味にどんな人間がいるか知らねえ。俺は銀次と留蔵しか会っていねえ」

　時蔵は訴える。

「銀次と留蔵との連絡はどうやっていたのだ」

「銀次が俺のところにやって来たんだ」

「住まいはどこだ」

「北森下町《きたもりしたちょう》です。用があるときは銀次が来るんだ」

「そればかりでもあるまい。そなただって、銀次と留蔵の住まいに顔を出したはずだ」

「………」

「隠れ家は知らなくとも、銀次と留蔵の住まいは知っている。そうだな」

「知らねえ」

　時蔵はまた険《けわ》しい顔になった。

「ほんとうに知らないのか」

「知らねえ」

「青柳さま。ずっとこの調子です」

京之進が呆《あき》れたように言う。

剣一郎は時蔵を見据《みす》え、

「時蔵。正直に話すと言ったのは嘘だったのだな。仕方ない。そなたはこのまま牢送りになろう」

「あっしはただ頼まれて庭に潜《ひそ》んだだけなんで」

また、時蔵は訴える。

「わしもそう信じたいが、銀次と留蔵の住まいを隠しているとなると、やはり信じることは出来ぬ」

「ご詮議《せんぎ》の場で、わかっていただけるように訴えるだけでさ」

「そうか」

剣一郎はため息をつき、

「注意しておくが、罪を犯《おか》して牢内にいる人間の中にも、鬼夜叉の手口に憤《いきどお》りを抱《いだ》いている者がいないとも限らぬ。くれぐれも、そなたが鬼夜叉の一味と悟られるな」

「どういうことだ？」

時蔵の顔色が変わった。

「牢名主が新入りには娑婆《しゃば》で何をしたかきくだろう。偽《いつわ》りを言うと牢役人の怒りを買い、夜中にこっそり始末されかねない。だが、鬼夜叉一味だと知れば、鬼夜叉のやり方に憤りを抱いている人間が黙っていないかもしれない。いずれにしろ、牢内で殺されても病死にされてしまうからな」

剣一郎は脅した。

「嘘だ。鬼夜叉の一味だからって何の関係もない人間に殺されるなんてあるわけねえ」

時蔵は鼻で笑った。

「嘘かどうか、牢に入ればわかる。よし、これまでだ。時蔵を牢送りにしよう」

剣一郎は時蔵の前から離れた。

「青柳さま。では、私は入牢証文《じゅろう》をとってきます」

京之進が言う。

「そんな……」

時蔵は泣きそうな顔をした。

「もし、正直に話すなら、そなたを解き放してやろうと思ったが、そなたにそのつもりはないようだ」

「待ってくだせえ。ちゃんと話しています」

「もうよい」

　剣一郎は突き放すように言った。

「そなたは知っているのに何も答えようとしない。牢内で一晩過ごせば考えも変わるかもしれない。しかし、すでに遅い」

「………」

「銀次と留蔵はすでに今まで住んでいた場所からほかに移っていよう」

　時蔵は口をわななかせた。

「時蔵、牢暮らしは厳しかろうが達者《たっしゃ》でな」

「待ってくだせえ」

　時蔵が泣き叫ぶように、

「あっしが喋ったら、おみねが殺されてしまうんだ」

「おみねはそなたのいい女か」

「櫓下《やぐらした》の『桔梗家《ききようや》』という子供屋《こどもや》にいます」

　子供屋とは女郎《じょろう》を抱えている家だ。客は揚屋《あげや》に揚《あ》がり、子供屋から女郎を呼び出す。

「幼馴染《おさな》みなんです。身請《みう》けの金を稼《かせ》ぎたくて」

「よし、おみねは守ってやる。だから、知っていることはすべて話すのだ」

剣一郎は説《と》き伏せる。

「ほんとうに、おみねを守ってくれるんですね」

「守る。さっそく警護の者をつける。だから、安心して話すのだ」

「あっしが知っているのは銀次の住まいだけです。深川佐賀町《ふかがわさがちょう》の斎太郎店《さいたろうだな》がやさ、です」

「留蔵は別の場所にいるのか」

「そうです。どこだかわかりません」

「青柳さま」

京之進が口をはさんだ。

「これから佐賀町に行ってみます」

「待て」

剣一郎は止めた。

「とうに銀次は姿を晦《くら》ましているはずだ。それより、斎太郎店に町方の者が現われたら、時蔵が喋ったことがわかってしまう」

「そうですね」

「まず、おみねの安全を確保するのが先決だ」

「わかりました」

京之進は素直に頷いた。

「銀次とはどこで知り合ったんだ?」

剣一郎が問いかけを続けた。

「呑み屋で声をかけられて……手伝ってくれれば二十両くれるっていうんで」

時蔵は悔やむように言う。

「芝露月町の質屋の押込みも、今回と同じ手筈《てはず》か」

「そうです。風の強い日に、銀次と留蔵が火消しの格好で質屋を訪ね、不審な男がいたので庭を見せてくれと頼んで……」

裏口を開けさせ、銀次と留蔵が庭に入るときいっしょに時蔵も入り、気づかれないように庭の隅に隠れ、夜更《よふ》けを待った。

「あっしは四つ(午後十時)には裏口から出て、鬼夜叉一味が押し込むよりだいぶ先に質屋をあとにしてました。だから、鬼夜叉一味を見ていないんです」

「押込みに手を貸すことだとはわかっていたのだな」

「へい。でも、人殺しまでするとは思っていませんでした」

「だが、翌日には質屋で何人かが殺されたことを知ったはずだな。それでも、また『戸倉屋』への押込みに手を貸そうとした」

「へえ。どうしても身請けの金が欲しかったのです」

どうやら、嘘はないようだった。だが、そう決めつけるには、証言したとおり北森下町にほんとうに時蔵が住んでいることを確かめることが先決だ。

そのことを京之進に言うと、

「わかりました」

と言い、時蔵を仮牢《かりろう》に戻した。

「では、わしは行く」

「ありがとうございました」

京之進の声を背中に聞いて、剣一郎は大番屋を出た。


いったん奉行所に戻り、夕七つ（午後四時）に退出した。

八丁堀の組屋敷に帰ったが、着替えてから再び屋敷を出て、小石川《こいしかわ》にある西《にし》の丸御《まるお》納戸《なんど》役《やく》湯浅《ゆあさ》高右衛門《こうえもん》の屋敷に向かった。

妻多恵《たえ》の実家で、弟の高四郎《こうしろう》が半年ほど前に流行《はや》り病にかかり、床《とこ》についた。しばらくして全快し、床から離れたということだったが、病がぶり返したと思ったら、病気はさらに悪化する一方で、もはや余命幾《いく》ばくもない状態に陥《おちい》っていた。

屋敷に着いた。門を入ったときから重苦しい空気に包まれていた。玄関を上がり、高四郎が臥《ふ》している部屋に行く。

枕元《まくらもと》に文七《ぶんしち》がいた。

「青柳さま」

文七が頭を下げる。

文七は高右衛門が料理屋の女中に産ませた子であった。文七の母親は迷惑をかけてはならないと高右衛門の前から去り、母子《おやこ》ふたりで暮らしてきた。だが、母親の病気もあって暮らしに困窮《こんきゅう》した。そんな母子に手を差し伸べたのが多恵だった。

高右衛門から母子のことを聞き、多恵はふたりを捜したのだ。やがて、文七は剣一郎の手足となって働くようになった。

高四郎が目を開けた。頬はこけ、目に力はなく、顔はもはや蠟《ろう》のように青白い。ふくよかで、穏やかだった頃の面影《おもかげ》はどこにもない。

「義兄上《あにうえ》」

高四郎の声はか細い。

「どうだ？」

剣一郎は顔を近づける。

「私はもう長くありません」

高四郎は口にする。

「心を強く持て」

「いえ、もう覚悟は出来ています。文七さんが承知してくれました。これで思い残すことはありません」

高四郎は自分がいなくなったあとの湯浅家を、父親が料理屋の女に産ませた子である文七に託《たく》そうとし、枕元に呼び寄せたのである。

「高四郎、文七に任せれば心配ない」

「はい」

剣一郎はそれ以上、かける言葉を見いだせなかった。

「義兄上」

高四郎が手を出した。

「なんだ？」

剣一郎はその手を握《にぎ》った。やせさらばえた腕は枯《か》れ木のようだ。

「憧《あこが》れの青痣与力と大好きな姉を結びつけるきっかけを作ったことが私の誇《ほこ》りです。あの世に行って、大いに自慢してやろうと思っています」

あえぎあえぎだが、高四郎は最後まで口にした。

「わしもそなたに感謝している。よき義弟《おとうと》を得た」

「うれしゅうございます。私が亡きあと、どうか父上、母上のことよろしくお願いいたします」

「心配いらぬ」

「はい」

高四郎は安心したように目を閉ざした。

剣一郎は高四郎の手をふとんの中に戻し、文七に顔を向けた。

「そなたがずっと付き添っているのか」

「はい。高四郎さまが屋敷のこと、父上さま、母上さまのことまで細かく教えてくれます。私にあとを託そうとして……」

文七は涙ぐんだ。

「文七、そなたが湯浅家に入り、高四郎に代わって……」

剣一郎は声を呑んだ。

いくら高四郎が望んでいることとはいえ、まだ存命の高四郎の前で言うべきことではなかった。

「これも定《さだ》めだ。文七、この定めを重く受け止めよ」

「でも、まだ、受け止めきれません。高四郎さまのことを思うと……」

文七は湯浅家とまったく縁《えん》のない場所で生きてきたのだ。文七の母親は絶対に高右衛門に迷惑をかけるなと文七に教え込んできた。

多恵がひそかにふたりに援助をはじめたときも、高右衛門に迷惑をかける真似《まね》だけはしたくないと文七の母親は言っていたという。

それが、高四郎の病気によって文七は高右衛門とはじめて父子の対面を果たすことになった。そして、これから湯浅家の家督《かとく》を引き継ぐ身となった。

「こんな形で、私が湯浅家に入るなんて……」

文七にとって思わぬ転機であったが、素直に受け入れることが出来ないのは高四郎の不幸があってのことだからだ。文七はそのことを気にしているのだ。

剣一郎は文七を苦悩から解き放つために口を開いた。

「文七。わしも同じだった」

「えっ？」

文七は不審そうな目を向けた。

「わしには兄がいた。兄が亡くなったのはわしが十六歳のときだ。強盗に斬《き》られたのだ」

剣一郎は大きく息を吐いて続けた。

「兄と外出した帰り、ある商家から引き上げる強盗一味と出くわした。与力見習いの兄は敢然《かんぜん》と強盗一味に立ち向かっていった。だが、わしは足がすくんでしまった。三人まで強盗を倒した兄は四人目の男に足を斬られ、うずくまった。兄の危機に、わしは助けに行くことが出来なかった」

剣一郎はそのときのことを思いだすと、いまだに胸が引き裂かれそうになる。兄が斬られてはじめて逆上し、強盗に斬りかかったのだ。あのとき、剣一郎がすぐに助けに入っていれば、兄が死ぬようなことはなかったのだ。その後悔が剣一郎に重くのしかかった。

「兄が死んだために、わしは青柳家の跡を継いだのだ」

「青柳さま……」

文七は驚いたように呟く。

「この話は高四郎も知っている。知っているからこそ、そなたにあとのことを託そうとしたのだ。高四郎以上に親孝行に励《はげ》み、湯浅家を守っていく役目がそなたに課せられたのだ。単に高四郎の不幸によって自分に運が向いてきたのではない。高四郎に代わって大きな役目を背負わされるのだ」

「はい、よくわかりました」

文七は表情を引き締めて言った。

剣一郎は兄を見殺しにしたという自責《じせき》の念を抱えたまま青柳家を継ぐことになった。そんなときにあの押込み事件に出くわしたのだ。青痣与力の由来となった押込み犯の中に単身で乗り込んだ振《ふ》る舞《ま》いは勇気でも正義心でもなかった。兄を見殺しにしたという自責の念で、剣一郎は自暴自棄《じぼうじき》になり、どうでもいいという気持ちから乗り込んでいっただけのことだ。

もし、兄のことがなければ、そんな真似は出来なかっただろう。

「ところで、義父上《ちちうえ》と義母上《ははうえ》とはこの件を？」

「まだ正式には……」

文七は苦しげに首を横に振り、

「きっと反対なのではないかと」

と、心配そうに言う。

「そうではない。ただ、今は父子対面の時期ではないのだ」

剣一郎は義父母の心情がわかるので、

「そなたは、ただ高四郎のそばに付き添っていればいい。口はきけずとも、高四郎はそなたに何かを伝えようとしているはずだ。そのことを肌で感じるのだ」

「はい」

「では、頼んだ」

剣一郎は立ち上がって部屋を出た。

別間で義父母と会った。さすがに、ふたりとも心労は隠せないが、気丈《きじょう》な態度だった。

「もはや時間の問題だ。まだ若いのに無念であろうが、これも高四郎の定め」

高右衛門は呟くように言う。

「高四郎は自分が苦しいのに、あとのことばかり心を砕《くだ》いて」

義母は涙ぐんだが、泣きはしなかった。

文七のことはまだ話題にすべきではないと、剣一郎は思った。ふたりはまだ生があるのに、高四郎が死んだあとのことなど考えられないし、考えたくもないだろう。

「剣一郎どの、夕餉《ゆうげ》をごいっしょに」

義母が言うのを、

「多恵が待っていますので」

と遠慮した。

もう一度、高四郎のところに顔を出した。

高四郎は眠っていたが、眉根《まゆね》を寄せ、口を半開きにし、苦しそうな呼吸だった。

「では、文七。わしは引き上げる」

「はい」

見送りに立とうとする文七に、

「よい、高四郎のそばにいてやってくれ」

そう言い残し、剣一郎は屋敷を出た。

本郷《ほんごう》通りを聖堂《せいどう》裏までやって来た。暮六つ（午後六時）をとうに過ぎ、人通りも少なくなっていた。

文七は高四郎の頼みを聞き入れ、湯浅家に入る覚悟を固めたようだ。文七にとっては思いがけぬ話であったろうが、高四郎も安堵《あんど》しているはずだ。

しかし、まだ高右衛門が文七と親しく向き合わないのも仕方ないことだ。高四郎がまだ生きているのに、死後の算段をすることは親としても出来まい。

そんなことを考えながら聖堂から神田川《かんだがわ》のほうに出ようとしたとき、前方の暗がりに向かっていきなり走り去って行った男がいた。高四郎のことを考えていたので気にかけていなかったが、聖堂の角にいたようだ。

昌平橋《しょうへいばし》に差しかかったとき、橋の袂《たもと》にふたつの黒い影があった。ひとりはさっき駆けて行った男のようだ。もうひとりは編笠《あみがさ》をかぶった侍《さむらい》だ。

職人ふうの男とすれ違ったあと、人通りが途絶えた。辺《あた》りに人影はない。

剣一郎は昌平橋に向かう。編笠の侍が動いた。こっちに向かってくる。殺気は感じられない。いや、殺気だけではない。気配さえも消している。

出来ると、剣一郎は思った。かなりの腕だ。編笠の侍との距離が縮まると、剣一郎は左手を刀にやり、鯉口《こいぐち》を切った。

編笠の侍が迫った。ゆっくりすれ違う。その直後、いきなり編笠の侍が背後から斬りかかった。剣一郎も振り向きざまに抜刀《ばっとう》し、相手の剣を弾《はじ》いた。

「何者だ？」

剣一郎は正眼《せいがん》に構《かま》えて問い質《ただ》す。

「俺の抜き打ちの剣を躱すとは……」

編笠の侍は吐き捨て剣を八相《はっそう》に構えた。

「わしを待ち伏せていたようだが、察するにわしが誰か知ってのことだな」

「青痣与力！」

そう叫ぶや、再び斬りつけてきた。剣一郎も踏み込んで、鎬《しのぎ》で受け止めた。鍔《つば》迫《ぜ》り合いに持ち込み相手の顔を見ようとした。

だが、相手は素早く離れた。

「また、会うこともあろう」

編笠の侍は抜き身を提《さ》げたままいきなり闇《やみ》に向かって走り出した。追う間もなかった。

刀を鞘《さや》に納め、剣一郎はもうひとりの男を探した。その男の姿もなかった。ここで、剣一郎が戻って来るのを待っていたのだ。

剣一郎は狙われる相手に想像はつかなかった。これまでに数々の難事件を解決し、獄門台《ごくもんだい》や永《なが》の遠島《えんとう》になった男もひとりやふたりではない。その人間たちの肉親や仲間が仕返しから狙うことも考えられなくはない。

だが、剣一郎はそういう相手ではないような気がした。しかし、では誰かとなると、見当がつかなかった。

四

翌日の昼前、浪太郎は店のほうに顔を出した。何人かの客が反物《たんもの》を広げて見ていた。

「若旦那、なんでしょうか」

番頭が飛んできた。

「番頭さん、少し用立《ようだ》ててくれないか」

浪太郎は番頭に頼む。

「いけません。旦那さまから言われています。帳場の金は商売のために使うもの。手を出してもらっては困ります」

番頭は真面目《まじめ》くさった顔で言う。

そこに、浪二郎が帰ってきた。

「お帰りなさいまし」

手代や小僧が声をかける。

浪二郎は客にいちいち挨拶をし、帳場のほうにやってきた。

「兄さん、何かありましたか」

浪二郎は端整な顔立ちを向けて言う。

俺が店に顔を出すのはそんなにおかしいのかと、浪太郎は叫びたかったが、手代たちの冷たく痛い視線を浴《あ》びて、浪太郎は背筋が寒くなった。

店の者は、浪太郎が帳場に近づくだけで目を光らせた。まるで、盗人を見る目つきだ。それは将来の主人に向ける目ではなかった。やはり奉公人も跡継ぎは浪二郎だと決めつけているのだ。

「なんでもない」

浪太郎は憤然《ふんぜん》と自分の部屋に戻った。

「ちくしょう」

一昨日の夜、三日ぶりに家に帰ったが、店の金をくすねて吉原に居続けたことが父浪右衛門の怒りに火を付けたようだ。

さんざん小言を食らった。二度と店の金をくすねるなと厳命された。そのときは、わかりましたと答えたが、三日も経《た》つと、またしても糸菊に会いたくなった。だが、先立つものがなかった。

しばらく外出するなと浪右衛門から言われていたが、浪太郎は外に出た。

「どちらへ？」

店先にいた手代が声をかけた。

「すぐ帰る」

ぶっきらぼうに言い、浪太郎は店を飛び出した。

こうなったら、親方の甚五郎に金を借りようと思った。

高砂町の甚五郎の家に行くと、甚五郎は普請場《ふしんば》に行っていて、代わりに妻女のおとみが出てきた。

「若旦那、どうしたんですね」

「おかみさん、言いにくいんだが、金を貸してもらいたい」

「お金？」

おとみは表情を曇《くも》らせた。

「若旦那、何にお使いなさるんですかえ」

「ちょっと入り用なんだ」

「ですから何に入り用なんですね」

「………」

「まさか、また吉原じゃないんでしょうね」

「おかみさん、この通りだ」

浪太郎は頭を下げた。

「若旦那、いけませんよ。うちのひとも心配してましたよ。女郎に入れ込んでは身の破滅《はめつ》です」

「身の破滅……」

浪太郎は自嘲し、

「このままだって、身の破滅だよ」

と、吐き捨てる。

「若旦那」

おとみが目を見開いて、

「いけませんよ、自棄《やけ》になっちゃ」

親から見放されたんだ、自棄になるなというほうが無理だ。そう言いたかったが、自分が惨《みじ》めになるだけだ。

「ともかく、上がって。うちのひとが帰ってきたら……」

「出直すよ」

浪太郎は土間を飛び出した。

ちくしょう、と思わず口に出る。

「どいつもこいつも俺をばかにしやがって」

居酒屋の前を通り掛かったら暖簾が出ていた。昼間からやっているのだ。

無意識のうちに玉暖簾をかきわけていた。

小上がりに座って、酒を注文する。

小女が徳利と猪口《ちょこ》を持ってきた。浪太郎は湯呑みをもらい、それに酒を注ぎ、呑みはじめた。

何をそんなにいらだっているんだ。浪太郎は自分に問い質す。糸菊に会いに行けないからか。それもあるが、脳裏《のうり》を掠《かす》めるのはさっきの浪二郎の姿だ。帰ってきて、客に挨拶してまわる姿も自然で、若々しく爽《さわ》やかだった。客も浪二郎の挨拶を受けると顔を綻《ほころ》ばせた。奉公人たちも身を引き締めた。

これでは勝負にならない。跡取りは誰が見ても浪二郎がふさわしいと言うに決まっている。

ただ長男だからというだけで、勝手に跡を継ぐと思い込んでいた自分が滑稽《こっけい》であり、哀れだった。

徳利は空になった。酒を追加しようとしたが、手持ちがないことに気づき、舌打ちした。そのとき、目の前に影が射《さ》した。

「いいかえ」

その声に顔を上げると、二十七、八歳の遊び人ふうの男が立っていた。色の浅黒い、いかつい顔をしている。

「おや、あんたは？」

見覚えがあった。あっと、思いだした。二日前にここで甚五郎と話していると き、近くで呑んでいた男だ。

男は勝手に目の前に座った。

「なんでえ」

浪太郎は顔を歪めた。

「まだ呑むんだろう。馳走《ちそう》するぜ」

男は酒を頼んだ。

「あんた、誰なんだ?」

「音松《おとまつ》ってもんだ。おまえさんは?」

「浪太郎だ。でも、なぜ、俺に?」

「なんだか、なげやりな様子が気になってな」

「お待ちどおさま」

小女がやってきた。

「よし、さあ」

音松は浪太郎の湯呑みに酒を注いだ。

浪太郎は湯呑みを摑み、呷《あお》るように呑んだ。

「何をくさくさしているんだえ。よかったら話してくれ。力になるぜ」

「無理だ」

「無理?」

「俺の苦しみなんか誰も救えないよ」

「救えねえ苦しみなんてねえさ」

音松は微笑《ほほえ》み、

「どうでえ、これから気晴らしにどこか行くか」

「金がねえ」

浪太郎は自嘲する。

「金のことは心配するな」

「……………」

浪太郎は音松の顔を見返した。

「金を持っているのか」

「少しぐらいはな。じつは賭場《とば》で勝って懐は暖かい。金がいるのか」

「貸してくれるのか」

浪太郎は身を乗り出した。

「いくらだ？」

「二分、いや一両」

糸菊は自分の部屋に客を招く部屋持ちの花魁だ。昼夜で一分だから二分あれば二日過ごせる。自分の部屋以外に客を迎える座敷を与えられている座敷持ちはその倍はとられるが、浪太郎は部屋持ちの糸菊を気に入っていた。

「いいだろう。一両貸すぜ」

「えっ？」

浪太郎は耳を疑った。

「一両だな」

音松は財布を取りだし、一分を四枚出した。

喉《のど》から手が出るほどだったが、浪太郎は堪《こら》えていた。あまりにも話がうま過ぎる。へたに金を借りて、あとで何かとんでもないことを要求されるかもしれない。そう考えて、少し警戒した。

顔色を読んだのか、

「心配いらねえよ」

と、音松が笑いながら言う。

「おまえさんが落ち込んでいるのが気になったから力になりたいと思っただけだ。気にしないでいい」

「でも」

半信半疑だが、この金があれば糸菊に会いに行けるとおもうと、その気持ちのほうが勝った。

「ほんとうに、いいのかえ」

浪太郎は訝った。

「ああ、遠慮はいらねえ。博打《ばくち》で勝った金だ」

「すまねえ」

浪太郎は金に手を伸ばしてから、

「でも、どうして？　会ったばかりの男にそんなに貸して心配じゃねえのか」

と、きいた。

「そうさな。だが、俺はひとを見る目があるほうだ。浪太郎さんはそんな不実《ふじつ》な人間ではないと見た。さあ、とっといてくれ」

「借用書を書こうか」

「そんなものいらねえよ。その代わり、またここで会おうじゃねえか。そうそう、俺は富沢町《とみざわちょう》の稲荷《いなり》長屋に住んでいる」

「稲荷長屋？」

「立派なお稲荷さんがあるのでそんな名がついたようだ」

「じゃあ、今度訪ねて行く」

「ああ、いつでも来てくれ」

音松は言ってから、

「おまえさんは、これから行く当てがあるみたいだから、俺はひとりで気晴らしに行こう。ちなみに、浪太郎さんはどこへ行くんだね」

「吉原ですよ」

「吉原か」

「ごいっしょしませんかえ。私は『結城屋』に揚がりますが」

「いや、俺はあんな格式張《かくしきば》ったところは性に合わねえ。俺は深川で遊ぶ」

それから四半刻（三十分）後に居酒屋の前で音松と別れ、浪太郎はいったん甚五郎の家に行って暇《ひま》を潰してから夜見世《よみせ》に合わせて吉原に向かった。

五

その夜、八丁堀の剣一郎の屋敷に京之進がこれまでの探索の報告にやって来た。

「夜分、申し訳ございません」

差し向かいになるなり、京之進は詫《わ》びてから、

「時蔵の話はほんとうでした。確かに、北森下町に住んでいました。大家の話で

は、ときたま目つきの鋭い男が時蔵のところにやって来ていたようです。おそらく、銀次だと思われます。それから」

　さらに、京之進が続ける。

「櫓下の『桔梗家』という子供屋におみねという女がいました。時蔵とは幼馴染みだと言っていました」

「時蔵の言うとおりか」

「はい。それでひそかに佐賀町の斎太郎店に手下を行かせましたところ、案《あん》の定《じょう》、家は蛻《もぬけ》の殻《から》でした」

「そうであろう」

　剣一郎は時蔵の言葉を思いだし、

「おみねの身柄はどうだ？」

「事情を話し、気をつけるように言いました」

「おみねは驚いていただろうな」

「はい。それから、念のために『桔梗家』に手下を寝泊まりさせるようにしました」

　京之進は報告を終えてから、

「時蔵をいかがいたしましょうか」

と、きいてきた。

「銀次と留蔵の顔を知っている重要な人物だ。鬼夜叉一味を捕まえるためにも手を貸してもらおう」

「では、牢送りは？」

「見合わせよう。牢に入れたところで、鬼夜叉一味を捕まえる役には立たない。ただ、全面的に信じていいかわからない。そのことは注意をするように」

「はっ」

京之進は応じたあと、

「じつは、時蔵が気になることを申しまして」

と、口にした。

「気になること？」

「はい。銀次と留蔵が『戸倉屋』の主人と番頭をあのままにしておくとは思えないと、心配していました」

「顔を見られたからか」

「鬼夜叉は顔を見られた相手は必ず殺すようですので、ちょっと気になりました」

「そうよな」

銀次と留蔵は『は組』の格好で『戸倉屋』に行き、主人の浪右衛門と番頭と手代に会って庭に案内させたのだ。

「しかし、三人ともはっきりとは覚えていない。銀次と留蔵が、顔を覚えられたと思い込んでいるとしたら……」

剣一郎は微かに不安を持ったが、

「そういう意味では時蔵のほうが心配だ。銀次と留蔵にとっては一番やっかいな人物が時蔵のはずだ。時蔵は常に狙われているとみたほうがいい」

そう思う一方、鬼夜叉にしてみれば銀次と留蔵の顔が割れたところでいっこうに困らないのではないかと思われる。

これからは銀次と留蔵が裏方にまわり、代わりの人間が表で動き回ればいいのだ。

ただ、銀次と留蔵が何らかの形で捕まったとき、時蔵がふたりを鬼夜叉の一味だと証言すればふたりは言い逃れは出来ない。そういう場合に備えて、時蔵を始末したがるだろう。だが、町方役人の保護下にある時蔵に近づくには自らの危険を覚悟しなければならない。そこまでの危険を冒《おか》して時蔵を襲うだろうか。

そのとき、剣一郎は昌平橋で待ち伏せていた侍のことを思いだした。もし、あの侍が鬼夜叉一味だったら……。

鬼夜叉は顔を見られた相手は必ず殺すというが、剣一郎は顔を見たわけではない。なのに襲ってきたのはなぜか。

もしかしたら、押込みを失敗に追い込んだ人間への恨《うら》みでは……。報復《ほうふく》で剣一郎を襲ったのかもしれない。

だとしたら、失敗に終わった押込みの恨みを『戸倉屋』の主人浪右衛門たちにも晴らそうとするかもしれない。

翌朝、剣一郎は『戸倉屋』を訪れた。

客間に通されてしばらく待たされた。

廊下を走ってくる気配がして、障子が開いた。

「これは青柳さま。たいへんお待たせしました」

浪右衛門が部屋に入って頭を下げた。

「いや、忙しいところをかえってすまない」

「ちょっと取り込んでいまして」

浪右衛門は表情を曇らせていたが、すぐ気を取り直し、

「このたびは青柳さまのおかげで助かりました」

と、頭を深々と下げた。

「いや、たまたま運がよかっただけだ」

剣一郎は答えて、

「ちょっと確かめたいことがあってな」

と、きいた。

「火消しの格好でやって来た男は『は組』の半纏を着ていたのだな」

「はい、そうです。ですから、見かけぬ顔でしたが、天から信じてしまいました」

「ふたりの男の顔を見たのは誰だ？」

「私と番頭と手代です。青柳さま、何か」

浪右衛門は不安そうにきいた。

「どうやら、そやつらは鬼夜叉一味と思える」

「はい、植村さまからお聞きしました。残忍な押込みとか」

京之進がすでに事情を話していたのだ。

「顔を見られた者は殺すという残忍な連中だ」

「ほんとうに今振り返ってもぞっとします」

「だから、一味の手掛かりは一切摑めなかった。今度《こたび》、はじめてひとりを捕まえ、あとふたりの男の顔も知ることが出来た」

「………」

「これはわしの杞憂《きゆう》であって欲しいと思っているが、そなたたちは賊の一味の顔を見た人間だ」

「まさか」

「うむ。まさかとは思うが、用心に越したことはない。番頭と手代は通いか」

「いえ、住み込みです」

「そうか。なるたけ、夜の外出は控《ひか》えさせるのだ。主人ともなれば、そなたは何かと夜に外出する機会も多かろう。だが、ほんとうにやむを得《え》ない場合にだけ出かけ、その場合、必ず供をつけるのだ」

「はい」

浪右衛門は怯《おび》えたように言う。

「脅すようになってしまったが、あくまでも用心のためだ。実際には、顔を見られているのでこの周辺には近づかないと思うが……」

「でも、用心いたします」

剣一郎は顔を見られたためというより、押込みに失敗した腹いせに主人と番頭と手代を襲うかもしれないと考えたのだ。

『戸倉屋』の塀は高く、鋭い忍び返しもついている。外からの侵入は難しい。だからあのような偽《にせ》の火消しという手を考えたのだろう。

あのような手を使えるのは風の強い日だ。『戸倉屋』に狙いを定めた鬼夜叉は強風の吹く夜を待って犯行に及んだのだ。

満《まん》を持《じ》しての企《くわだ》てが直前にて失敗した。剣一郎のせいだとして待ち伏せたように、『戸倉屋』の主人らを殺すことで腹いせをしようとしているとも考えられる。

つまり、鬼夜叉は負けん気の強い男かもしれない。

「もし、何か気になることがあったら、すぐ自身番《じしんばん》に知らせるのだ」

「はい」

「では」

剣一郎は立ち上がった。

「わざわざ、ありがとうございました」

剣一郎は浪右衛門といっしょに廊下に出た。

そのとき、女の声がした。

「浪太郎、待ちなさい」

裏庭をはさんで反対側の廊下に内儀《おかみ》らしい女が若い男の腕をとって引き止めているようだった。

若い男がこっちに顔を向けた。二十二、三歳。小肥りで、ややえらの張った顔をしている。

「浪太郎……」

浪右衛門が呟き、

「お見苦しいところをお見せしました」

と、あわてて言う。

「ご子息か」

「はい。長男の浪太郎でございます」

「長男？」

「はい。先日おりましたのはふたつ違いの次男の浪二郎でございます」

内儀と浪太郎は部屋に戻った。

「わしはここでいい。行ってやったほうがいい」

「お恥ずかしい話ですが、浪太郎はきょうも朝帰りでして」

浪右衛門はため息混じりに言う。

「若いのだ。ときには羽目《はめ》を外すこともあろう」

「この前の騒ぎの夜も家にはおりませんでした。まったく何を考えているのか……。これは失礼いたしました」

「いや」

剣一郎は『戸倉屋』をあとにした。

歩きだしてすぐ横に並んだ男がいた。

「太助《たすけ》か」

「へい」

太助は猫の蚤取《のみと》りをしている。猫を飼う人間も多く、猫の蚤取りは流行っているようだ。蚤取りだけでなく、いなくなった猫を探す仕事もしている。

「青柳さま、『戸倉屋』では先日、ちょっとした騒ぎがあったそうですね」

「知っていたのか」

「へい。『戸倉屋』の裏手に住む後家《ごけ》さんの猫がいなくなって探してやったんです。そのとき、そんな話をしていました。さすが、青痣与力です」

太助はうれしそうに言う。

太助は子どものころから青痣与力が憧れだったという。

剣一郎は神田川の辺《ほとり》でしょぼんと川を見つめているシジミ売りの男の子に声をかけてやったことがあった。

話を聞くと、太助はふた親が早死にし、十歳のときからシジミ売りをしながらひとりで生きてきたという。そのときは、寂しさに襲われていたらしい。

「おまえの親御《おやご》はあの世からおまえを見守っている。勇気を持って生きれば、必ず道は拓《ひら》ける」

剣一郎の言葉に、太助は勇気を得た。剣一郎に励まされたことが太助の生きる支えになったという。

「その後家は誰から聞いたんだ?」

「鳶の者があちこちで喋っているようです」

「そうか」

剣一郎は苦笑したが、これは賊を誘《おび》き寄せるいい機会だと思った。剣一郎が押込みの企てを阻止したと噂《うわさ》が広まれば、鬼夜叉は剣一郎に邪魔立てされた仕返しをしようとするだろう。

先日の侍がまた現われる。その期待を持った。

「でも、青柳さまは冷たい」

突然、太助はすねたように言う。

「なに、わしが冷たい？」

剣一郎は耳を疑って太助を見る。

「そうです。だって、押込みのひとりを捕まえたんでしょう。その男から手掛かりを得て押込み一味を捕まえるのをあっしだって手伝いてえ」

神《かん》田明神《だみょうじん》の近くでひとが殺されたとき、太助が不審な男を見たと名乗り出てくれてからのつきあいだ。

「そうか」

剣一郎は苦笑しながら、

「じつはそなたの手を借りたいと思っていたところだ」

「えっ、ほんとうですかえ」

「ほんとうだ」

「ありがてえ、なんでもしますぜ」

太助ははしゃいだ。

「おいおい、そんなに喜ぶことではない」

「へえ、すみません」

太助は肩をすぼめた。

「わしを襲ってくる侍のあとをつけてもらいたい」

「えっ、青柳さまを襲うですって」

「おそらく襲ってくるだろう」

前回、小石川からの帰りに襲われた話をした。

「わかりました。やってみましょう」

「並の相手ではない。かなりの遣い手だ。油断したら気取《けど》られる。心してな」

「へえ」

太助は表情を引き締めた。

「きょうの夕方、小石川に行く。本郷四丁目の真光寺《しんこうじ》の山門でわしを待て。わしが通ったら、周囲に気を配りながらわしのあとをつけよ」

「へい。わかりました」

太助は請《う》け合った。

日本橋《にほんばし》の手前で、得意先に顔を出すという太助と別れ、剣一郎は奉行所に戻った。

夕方、剣一郎はいったん八丁堀の屋敷に帰り、改めて出かけた。

前回襲われた昌平橋を何事もなく渡り、聖堂の脇を通って本郷通りに入る。ここまで怪しい気配はなかった。

やはり、帰りだ。前回と同じように、どこかで待ち伏せしようとしているのだろう。

真光寺の山門前を通って、剣一郎は小石川に足を向けた。

多恵の実家に赴《おもむ》き、剣一郎は高四郎の部屋に行った。きょうも文七が付き添っていた。

「青柳さま」

文七が座を空《あ》けた。

高四郎は眠っていた。

「どうだ？」

剣一郎は文七にきいた。

「ずっとこのような状態です」

剣一郎は胸が締めつけられた。

「義兄上」

眠っていた高四郎が目を開けた。

「高四郎」

剣一郎は高四郎の耳元で声をかけた。

「やはり来てくださっていたんですね。義兄上がいらっしゃった夢を見ていました。でも、夢ではなかった……」

そう言い、また目を閉じ、苦しそうな呼吸をしながら寝入った。

もはや時間の問題だ。死神《しにがみ》が足元まで忍び寄ってきている。そう思い、剣一郎はやりきれないようにため息をついた。

「文七、そなたはちゃんと休んでいるのか」

「はい。少しは……」

「そなたが倒れては何にもならぬ」

「はい」

その後、剣一郎は義父母に挨拶をし引き上げた。

本郷四丁目の真光寺の前に差しかかったとき、山門の陰から太助が顔を覗かせた。

そのまま行き過ぎると、太助が少し離れてついてきた。

本郷通りに怪しい人影はなく、聖堂の脇から神田川に出る。

川沿いの暗がりにも特に変わったことはなく、昌平橋に差しかかったが、待ち伏せの気配はなかった。

その後、伊勢町堀《いせちょうぼり》から江戸橋《えどばし》を渡り、楓川にかかる海賊橋《かいぞくばし》を渡ったところで、太助が近づいてきた。

「怪しい人間はいませんでした」

太助が言う。

「そのようだな」

剣一郎は首を傾げた。

なぜ、襲ってこなかったのか。しかし、このまま諦《あきら》めるとは思えない。日を改めて、襲うつもりなのだろう。

「太助、屋敷に寄っていけ。夕餉はまだなのだろう」

「とんでもない」

太助が遠慮したとき、腹の虫が鳴った。

「さあ、来い」

「いんですかえ」

太助はうれしそうについてきた。

文七に代わり、太助が剣一郎の手足となって働いてくれるようになった。文七とはまた毛色が違う太助を、剣一郎は頼もしく思っていた。

第二章　間夫《まぶ》

一

翌日の朝、剣一郎は継裃《つぎがみしも》で、槍持《やりもち》、草履《ぞうり》取り、挟み箱持ちなどの供と連れ立ち、八丁堀の組屋敷を出た。

楓川に沿って歩いているが、やはり怪しい視線は感じなかった。

あれから、鬼夜叉一味の襲撃を待ったが、それらしい動きもなかった。昨夕も屋敷を出て、小石川まで高四郎に会いに行ったが、その行き帰りも何事もなかった。

一度きりで襲撃は二度となかった。あのまま、諦《あきら》めるのか。

鬼夜叉一味と接触する大きな機会であったが、相手もそのことを警戒してのことか近づいてこなかった。

昌平橋で襲ってきた侍《さむらい》は鬼夜叉一味に違いないと、剣一郎は睨《にら》んでいる。それに、あの侍は単に剣客《けんかく》としても剣一郎と決着をつけたいと思っているのではないか。そのことに期待をしているのだが……。

数寄屋橋《すきやばし》御門をくぐり、南町奉行所に辿《たど》り着いた。お濠《ほり》の辺《あた》りにも怪《あや》しい人影はなかった。

奉行所表門の脇の潜《くぐ》り門から入り、玄関に向かう。公事人《くじにん》控所にはすでに町の人間が来ていた。

剣一郎が与力《よりき》部屋に行くと、すぐ宇野清左衛門《うのせいざえもん》に呼ばれ、年番方《ねんばんかた》の部屋に行った。

年番方与力の宇野清左衛門は金銭面も含め、奉行所全般を取り仕切っており、奉行所一番の実力者である。

「宇野さま。お呼びでございましょうか」

「うむ」

文机《ふづくえ》に向かっていた清左衛門は体の向きを変え、

「隣《となり》の部屋に」

と言って、腰を上げた。

隣の小部屋で、差し向かいになる。

いつも厳《いか》めしい顔をしている清左衛門だが、きょうは浮かない顔つきに見えた。

「宇野さま、お話はなんでございましょうか」

なかなか切り出さない清左衛門に、剣一郎は先に声をかけた。

「先日、押込《おしこ》みを未然に防いだそうではないか」

いきなり、清左衛門は押込みの件を口にした。

「たまたま、怪しい人間と出くわしましたので。ただ、一味を迎え撃って捕らえたかったのですが、相手に感づかれてしまいました」

剣一郎は残念そうに言う。

「いや、被害を防いだのだ。それより、押込みは鬼夜叉とか」

「はい、捕らえた者がそう申しておりました」

「そうか」

清左衛門は口を閉ざした。きょうの清左衛門は珍しく歯切れが悪い。

剣一郎は待った。

「じつは長谷川《はせがわ》どのから頼まれたのだが」

何度かの逡巡《しゅんじゅん》ののち、清左衛門は内与力《うち》の長谷川四郎兵衛《しろべえ》の名を出した。

四郎兵衛は奉行所のもともとの与力ではなく、お奉行が赴任と同時に連れて来た自分の家臣である。お奉行の威光《いこう》を笠《かさ》に着て、態度も大きい。ことに、剣一郎を目の敵《かたき》にしている。

「きのうお奉行は若年寄《わかどしより》さまより鬼夜叉の話を聞いたそうだ」

「若年寄さまから?」

剣一郎は不思議に思った。

「江戸市中をはじめ、関東各地で、二年前から残忍《ざんにん》な押込みが頻発しており、火《か》盗改《とうあらため》が探索中だった。押込み時に顔を見た人間を容赦《ようしゃ》なく殺しており、その姿は誰もわからないそうだ」

「そのようですね」

清左衛門の真意を量《はか》りかねながら答える。

「だが、火盗改は一年前に神楽坂《かぐらざか》の薬種問屋が襲われて駆けつけたとき、ひとりだけまだ息のあった手代《てだい》が、死に際に『鬼夜叉』と呟《つぶや》いたのを聞いたそうだ」

「手代がまだ息があるのに気づかず、一味の者が口にしたのをその手代が耳にしたのでしょうか」

「そのようだ」

「火盗改は一連の残忍な押込みを鬼夜叉の仕業《しわざ》と断じていたのですね」

「ふた月前に芝露月町で質屋に押込みが入り、主人と番頭《ばんとう》、手代の三人が殺され、八百両盗《ぬす》まれた事件はたまたま南町が最初に駆けつけたが、火盗改はその残忍な手口から鬼夜叉の仕業と見ていたそうだ。もっとも、鬼夜叉と知っただけで、詳しいことは何もわからない。なにしろ、手掛かりはないのだからな」

「しかし、鬼夜叉の名だけでもこちらに知らせてくれてもよかったと思いますが」

　剣一郎は残念そうに言う。

　それを知っていたからといってこちらの探索が大きく前進するというものではないが、情報を共有し合う態勢が必要ではないかと思ったのだ。

　だが、そこまで話を聞いて、剣一郎は疑問を持った。火盗改は若年寄支配だが、町奉行は老中の支配下にある。

　なぜ、若年寄が直々《じきじき》にお奉行に、それも鬼夜叉の話を持ち出したのか。そのとき、剣一郎はいやな感じがした。

「宇野さま、何か火盗改に思惑《おもわく》がありそうですね」

「うむ」

清左衛門は渋《しぶ》い顔で頷《うなず》いた。

「なんでございましょうか」

剣一郎は先を促《うなが》した。

「鬼夜叉の探索は火盗改が務めであるから、鬼夜叉に関する手掛かり一切《いっさい》を火盗改に渡してもらいたいということだ」

「手掛かりを共有することは大事なことです。異存はありません。その代わり、火盗改が摑《つか》んだ手掛かりもこちらに差し出していただきたいと思います」

清左衛門の顔が浮かないのを見て、剣一郎は啞然《あぜん》とした。

「どうやら火盗改の求めは一方的なもののようですね」

「そうだ」

「しかし、我らとて鬼夜叉の手掛かりは何もありません。ただ、一味の時蔵が銀次と留蔵の顔を……」

そこまで言って、剣一郎は思わず息を吞《の》んだ。

「まさか、時蔵を……」

「そうだ」

清左衛門が顔をしかめて、

「時蔵を火盗改に渡せということだ」

「なんと」

剣一郎は呆《あき》れ返った。

「南町で捕らえた者を寄越《よこ》せなどあまりにも無茶な話」

剣一郎はさすがにこの件は承服《しょうふく》できないと思った。

「時蔵は銀次と留蔵という一味の顔を知っている人間です。我らの探索の手伝いをさせるためにあえて牢《ろう》送りせず、大番屋《おおばんや》で監視してきたのです。その時蔵を渡すなど、とうてい承服しかねます」

「青柳どの。お奉行はお聞き入れになったのだ」

「………」

剣一郎は耳を疑った。

「ご老中からの口添えもあり、お奉行は断りきれなかったという」

「それにしても……」

「青柳どの、悔《くや》しい気持ちはわかるが、お奉行が決められたこと」

「いったい、なぜご老中は火盗改の言い分をお聞き入れになったのでしょうか」

剣一郎は迫るようにきいた。

「火盗改は火付け、盗賊などの凶悪な事件の取り締まりや犯人の検挙が目的だ。鬼夜叉のような残忍な押込みに対しては、町奉行のように捕縛《ほばく》や取り調べに手順を踏んだり、手心を加えるような方法はそぐわない。火盗改のように容赦なく捕まえ、拷問《ごうもん》をしてまでも自白をさせるやり方がふさわしいということだ」

「火盗改のやり方では無辜《むこ》の人間を強引に罪に陥《おとしい》れてしまう危険があります」

剣一郎は声の調子を強めた。

「青柳どのの言い分、わしも同感だ。だが、ご老中が若年寄さまの訴えを聞き入れたのは、早く鬼夜叉を捕まえないと、さらに多くの犠牲《ぎせい》者を出してしまう。その危機感からなのだ。この二年、鬼夜叉の犠牲になった者は三十人にも及ぼうとしている。このままなら、さらに死者が出る。若年寄さまの訴えにお奉行も抗しきれなかったのだ」

清左衛門は苦しそうに続ける。

「一刻も早く鬼夜叉を捕まえなければならない。そのためには火盗改に託《たく》すしかない。お奉行の苦渋《くじゅう》の決断を受け入れてもらいたい」

清左衛門は深々と頭を下げた。

「この件で、長谷川さまはお逃げになったのですね」

本来なら、長谷川四郎兵衛も同席するはずが、清左衛門に任せている。

「長谷川どのは自分の説得では青柳どのは聞き入れまいと思い、わしにまかせたのだ」

「確かに長谷川さまに言われたなら、撥《は》ねつけていたかもしれません。なれど、宇野さまに頭を下げられたなら、受け入れざるを得ません」

剣一郎は口惜《くちお》しさを堪《こら》えて言う。

「すまない、この通りだ」

また、清左衛門は頭を下げた。

「どうぞ、お顔を上げてください」

剣一郎は深呼吸をして、

「これから、京之進に伝えます」

と言って腰を浮かしかけた。

「京之進は年寄同心詰所に呼んである」

「これは手回しのよいことで。ひょっとして、今の話はすでに……」

「長谷川どのから年寄同心に伝わっている」

同心の筆頭である年寄同心から京之進にも話がいっているとみていい。

「京之進に会ってきます」

剣一郎は憤然《ふんぜん》と立ち上がった。

与力番所を過ぎて年寄同心詰所に行くと、京之進が惚《ほう》けたように座っていた。

「京之進」

剣一郎が声をかけると、はっと我に返ったように、

「青柳さま」

と、京之進はすがるような声を出した。

「火盗改の件、聞いたか」

「はい、お聞きしました。無念です」

「こうなったら従わざるを得まい」

剣一郎はため息混じりに言う。

「昼頃、火盗改の与力が時蔵を引き取りにくるそうです」

年寄同心が言う。

「そうか。京之進、時蔵を拷問にかけるようなことがないようによく言い聞かせ

てから火盗改に引き渡すのだ。わしもその場に同席する」

「わかりました」

京之進は悔しさを堪えて言った。


昼過ぎ、本材木町三丁目と四丁目の境《さかい》にある大番屋に火盗改の与力・同心らがやって来た。

厳めしい顔つきの火盗改与力に、京之進が言う。

「時蔵は芝の押込みと今回の未遂で引き込み役をやらされただけで、鬼夜叉の本来の仲間ではありません」

「承知しておる」

与力は横柄《おうへい》に答え、

「さあ、早く渡していただこう」

と、急《せ》かした。

京之進は小者に時蔵を連れてくるように命じた。

仮牢《かりろう》から時蔵が不安そうな顔で出てきた。

「これからおまえは火盗改に引き渡される。鬼夜叉を捕まえるために、火盗改に手を貸すのだ」

京之進が諭《さと》すように言う。

「旦那《だんな》」

時蔵は心細そうに言う。火盗改におののいている。

「時蔵、心配いたすな」

剣一郎は声をかける。

「鬼夜叉を捕まえるにはそなたの手を借りなければならないのだ。無事、事件が解決したら、そなたの罪は軽減される。そのためにも頑張るのだ」

「はい」

剣一郎は次に火盗改の与力に向かい、

「時蔵は櫓下の『桔梗家』という子供屋にいるおみねという幼馴染《おさなな じ》みを身請《みう》けする金を稼《かせ》ぎたくて鬼夜叉一味の銀次という男の誘いに乗っただけです。そのことは我らが調べ済み」

「わかっています」

厳めしい顔つきの与力は頷いた。

「それから、『戸倉屋』に『は組』の格好《かっこう》で入った男は銀次と留蔵という男で……」

「お待ちくだされ」

与力が制した。

「その名も、時蔵から出たのでありましょう」

「そうです」

「ならば、時蔵から聞きます」

「時蔵は大事な証人です。そのことをお忘れなきように」

「わかっております。では」

火盗改の同心が時蔵の縄尻《なわじり》を摑んだ。

時蔵はうらめしそうに戸口で振り返った。が、同心に体を押され、よろけるように外に出た。

剣一郎と京之進は大番屋を出て、火盗改の一行《いっこう》を見送った。

「口惜《くや》しいです」

京之進が吐き捨てる。

「これも鬼夜叉一味を捕まえるためだ。火盗改は我らに明かさない手掛かりを持っているのかもしれない。我らの務めは江戸の人々の暮らしを守ることだ。功《こう》名争《みよう》いではない」

剣一郎は火盗改に期待するしかないと思った。

剣一郎は奉行所に戻り、宇野清左衛門に会った。

「さきほど、時蔵を火盗改に引き渡しました」

剣一郎は報告した。

「ごくろうでござった」

清左衛門が労《ねぎら》ったあと、

「長谷川どのは安堵《あんど》していた」

と言い、顔をしかめた。

「安堵？」

「鬼夜叉捕縛の責任を一切火盗改に押しつけたのだ。これで鬼夜叉がまた押込みをやって犠牲者が出ても、それは火盗改の責任。お奉行に傷《きず》がつかないのだ」

「長谷川どのにとってまずは守らねばならないのはお奉行というわけですね」

「そういうことだ」

清左衛門は蔑《さげす》むように言い、

「だが、それだけ鬼夜叉には脅威を感じているのであろう」

「大事なのは江戸の人々の安寧です。お奉行の体面でもなければ、南町の名誉でもありません」

「あの御仁《ごじん》には言っても無駄だ」

清左衛門は苦笑した。

「では、私は」

剣一郎が下がろうとすると、

「高四郎どのの容体《ようだい》はいかがだ？」

と、きいた。

「残念ながら、残された時間はわずか」

剣一郎は胸を締めつけられながら答えた。

清左衛門はため息をついただけで何も言わなかった。

鬼夜叉の探索から離れたのだ。これからは、なるたけ高四郎のそばにいてやろうと思った。

二

翌日未明、冷え冷えとする朝だ。まだ夜は明けず辺りは暗い。糸菊に羽織《はおり》をきせかけられ、

「また、来てくれなんし」

と、背中に顔を押しつけられた。

「近いうちにくる」

浪太郎はいじらしさに胸が切なくなる。

「今度来る時は必ず持ってくる」

「うれしゅうありんす」

糸菊は小さな顔で富士額《ふじびたい》に切れ長の目、鼻筋が通っているのできりりとしている。

「じゃあ」

部屋を出て階下に行く。

提灯《ちょうちん》を持った若い衆が待っていた。

戸口まで糸菊が見送る。

浪太郎は潜り戸から顔を出し、ぶるっと震えた。

「寒いから早くお戻り」

浪太郎は糸菊に言う。

「また、来なんし」

と、糸菊は寂しそうな顔をする。

「すぐ来る。じゃあ」

浪太郎は糸菊に見送られて外に出る。若い衆が先に外に出て待っていた。

「どうぞ」

浪太郎は若い衆のあとに従う。朝帰りの客の姿がちらほら目に入るが、江戸《えど》町《ちょう》一丁目の通りは閑散《かんさん》としている。

木戸門をくぐって仲之町《なかのちょう》に出る。

「ちょっと訊《たず》ねますがね」

浪太郎は前を行く若い衆に呼び掛けた。

「へい」

色白の若い衆が振り返る。

「糸菊に……」

浪太郎は言いよどんだ。

「若旦那。なんですかえ。糸菊さんが何か」

「うむ」

浪太郎はためらいながら、

「無粋《ぶすい》なことをきくが、糸菊には、その……。間夫《まぶ》がいるんじゃないのかえ」

と、思い切ってきいた。

「…………」

若い衆は返事をためらっている。

浪太郎は財布から一朱を取りだし、若い衆に握《にぎ》らせた。

「これはどうも」

「教えてくれないか。ときたま、糸菊は寝間でも上《うわ》の空になることがある。それから一度、まささまと呟いたこともあった。どうなんだね」

浪太郎は迫った。

「若旦那。あっしから聞いたなんて言わないでくだせえよ」

「わかっている」

「もっとも、見世《みせ》の者はみんな知っていますがね」

「やはり、間夫はいるのか」

「へい。観音《かんのん》の政《まさ》と呼ばれている遊び人です」

「観音の政……」

やはり、糸菊には好きな男がいたのだ。

「へえ、浅草奥山《あさくさおくやま》で羽振《はぶ》りをきかせてます。糸菊さんが惚《ほ》れているのをいいことに、金を巻き上げにくるんで。糸菊さんほどの女が観音の政みたいな男に夢中になるなんてわからないものです。旦那も困ってます」

「困っている？」

「間夫に小遣いを上げるために客から金を借りてるらしいんです。ひょっとして、若旦那も金を？」

「いや、私は貸していない」

浪太郎は不快そうに言う。

「そうですか、もし、今度金を貸してくれと頼まれても聞き流していたほうがよございますよ。だって、貸した金はみんな観音の政の 懐《ふところ》 に入ってしまいますからね」

「………」

大門《おおもん》に辿り着いた。

明六つ（午前六時）には門は開く。もう辺りは明るくなっていて、若い衆は提灯の火を消した。

大門まで花魁《おいらん》に見送られてきた客もいた。糸菊がここまで見送りに来ないのは間夫への気遣いか。

浪太郎は観音の政に嫉妬《しっと》を覚えた。

「じゃあ、若旦那。お気をつけなすって」

若い衆に見送られて大門から出た。

客待ちしていた駕籠《かご》に乗り込む。駕籠は衣紋坂《えもんざか》を上がり、日本堤《にほんづつみ》の土手に出る。見返《みかえ》り柳《やなぎ》を過ぎた。浪太郎は糸菊に思いを馳《は》せる。

若い衆には糸菊に金を貸していないと言ったが、じつは前回、はじめて無心《むしん》されたのだ。今回、持っていかなかったら糸菊の機嫌はよくなかった。今度は必ず忘れないからと言うと、何度も念を押し、やっと機嫌が直った。

駕籠は土手を下り、浅草寺《せんそうじ》横の馬道《うまみち》を抜け、高砂町に向かった。まっすぐ家には帰りづらく、いつものように甚五郎の家で休んでいこうと思った。

駕籠に揺られながら、再び糸菊に思いを向けた。

やはり、糸菊には間夫がいたのだ。糸菊のために用立《ようだ》てても、その金が間夫に渡ると思うと面白《おもしろ》くない。だが、金を貸すと約束したのだ。金を持っていかなければ、「嘘《うそ》をつきやがったな」と糸菊は浪太郎を蔑むだろう。

糸菊は苦しい胸の内を聞いてくれた。親から見放されて、やり場のない身の上話に同情し、慰《なぐさ》めてくれた。

金があれば糸菊を身請けする。それが無理なら年季明けを待って所帯《しょたい》を持ちたい。そこまで入れ込んだ。

だが、糸菊には間夫がいて、かなり貢《みつ》いでいるという。

重たい気持ちで、浪太郎は高砂町の甚五郎の家に辿り着いた。

駕籠からおり、戸口に向かいかけて、ふと音松のことを思いだし、迷わず隣の富沢町の稲荷長屋に向かった。

稲荷長屋の木戸を入ると、なるほど井戸の奥に朱色の派手な稲荷があった。ずいぶん立派な社《やしろ》だ。

自然に稲荷に手を合わせ、改めて音松の家を探した。路地の両側に四軒ずつ並んでいる。腰高障子《こしだかしょうじ》を見て歩くと、音松と書かれた千社札《せんじゃふだ》が貼ってある家の前に立った。

　浪太郎は戸に手をかけ、

「ごめんなさい」

　と、声をかけた。

　土間に入ると、音松がふとんを片づけていた。

「あや、浪太郎さんじゃねえですかえ」

「すみません、朝早くに」

「ちょうど起きたところだ。どうしましたね」

「じつは……」

「まあ、そこに座りなさいな」

「失礼します」

　浪太郎は上がり框《かまち》に腰を下ろした。

「その顔ですと、また金ですね」

「面目《めんもく》ありません。いえ、どうしてもじゃないんです。音松さんが博打《ばくち》で稼いだ金がまだあるならお借りしたいと思って」

「まだ、少しありますがね」

音松はにやつきながら、

「また吉原の女にか」

と、きいた。

「国の母親が病気で金がいるからと……」

浪太郎が言うと、即座に音松が返した。

「それは嘘だな」

「…………」

「もし、ほんとうに親のためなら楼主《ろうしゅ》に頼むんじゃねえのか。それが出来ないのは、たぶん……」

音松は浪太郎の顔を見つめ直し、

「間夫に渡す金だ」

と、言い切った。

「…………」

ずばり言われて、浪太郎は返す言葉がなかった。

「おや、どうしたんだ？」

音松が不思議そうな顔をしたが、

「やっ、まさか、俺の言ったことが当たっていると？」

と、きいた。

「そうなんだ」

浪太郎は吐き捨てる。

「間夫がいることを知っているのか」

「若い衆に聞いた。女のほうが夢中らしい」

「だったら、そんな女に入れ揚げることはねえ。女なら他にたくさんいるだろう」

「そんな簡単にはいきませんよ」

浪太郎はやりきれないように言う。

糸菊の白い裸身が脳裏《のうり》を掠《かす》める。自分の腕の中で裸身を震わせ、よがる糸菊をいとおしいと思った。糸菊は自分に本気で惚れていると、浪太郎は信じていた。

「糸菊に必要なのは俺なんだ」

「どうやら、女の手練《てれん》手管《てくだ》にすっかり骨抜きにされてしまったようだな」

音松が笑った。

「音松さん、金を貸してくれ」

「いくらだ?」

「五両だ」

「五両だと」

音松は呆れ返ったように、

「その五両は間夫に渡るんだ。それでいいのか」

「……………」

「間夫は五両を手に入れてどうすると思う?　おそらく、他の女に使うんだろうぜ。間夫を遊ばせるために五両を差し出すのか」

「冗談じゃねえ」

浪太郎は憤然とした。

「間夫がどんな男かわかっているのかえ」

「観音の政という遊び人らしい」

「観音の政?」

「音松さん、知っているのかえ」

「いや。そう名乗っているところからすると、かなり自惚《うぬぼ》れの強い人間のようだ。どうだえ、これから浅草に行ってみようじゃないか」

「浅草に？」

「観音の政を遠くから拝《おが》んでみるってのはどうだ」

「………」

「どうしてえ」

「いえ」

「恋敵の顔を見れば、また考えも変わる。さあ、行こうじゃねえか」

「でも、どうしてそこまで？」

「まあ、退屈凌《しの》ぎだ。それに間夫って男に興味がある。さあ、行こう」

音松に誘われるままに、浪太郎は稲荷長屋を出た。


四半刻（三十分）余り後に、浪太郎と音松は雷門《かみなりもん》をくぐった。楊枝《ようじ》屋が並び、美しい女が店番をしている。

昼前だというのに参詣《さんけい》客で混み合っている本堂の脇から奥山に出る。大道《だいどう》芸人や見世物小屋の前を素通りし、音松は水茶屋が並んでいるほうに足を向けた。浪太郎はただついて行くだけだ。

茶《ちゃ》汲《く》み女が春をひさぐというが、浪太郎はそこで遊んだことはない。

「待っていろ」

音松は一軒の水茶屋に入って行った。

すぐ出てきて、さらに奥に向かう。

「観音の政はやはりこの界隈《かいわい》じゃ有名だ」

「どこへ？」

「楊弓場《ようきゆう》だ。よく、そこで遊んでいるらしい」

音松はずんずん奥に向かい、楊弓場が並んでいる場所にやって来た。昼前から女が客引きをしていた。

「ちょっと兄さん。遊んで行かないかえ」

科《しな》を作って、女が近づいてきた。

「観音の政って男を知らないか」

音松がきく。

「知っているわ。気障《きざ》な男でしょう」

「今、どこにいるか知らないか」

「中にいるわ」

「中だと？」

そのとき、店の中から太鼓《たいこ》が鳴った。

音松と浪太郎は戸口に立った。

三人の女に囲まれて弓を持っている男がいた。女から矢を受け取り、弓にあてがう。

「あれが観音の政のようだな」

音松が小声で言う。

浪太郎は睨み付けるように見た。濃い眉《まゆ》の鋭《するど》い目、苦《にが》み走《ばし》った顔だ。糸菊が惚れるのがわかるような男だ。

浪太郎は戸口から離れた。

「おい、どうしたんだ？」

音松が追ってきた。

「敵《かな》わねえ」

浪太郎は自嘲《じちょう》気味に言う。

「何が敵わねえんだ？」

「あの男に女が惚れるのはわかる」

「だから、あっちこっちで女を食い物にしているんだ。いいのか、そんな男がおまえさんの大事な花魁を騙《だま》しているんだぜ」

「だからって、どうしようもねえでしょう」

糸菊は観音の政に入れ揚げている。観音の政はこんな男だと言いつけても信じるはずはない。いや、そんな男だとわかっていて、貢いでいるのかもしれない。

「ちくしょう」

浪太郎は腹立ち紛《まぎ》れに吐き捨てる。糸菊まで俺を騙していやがったんだ。

「おい、出てきたぜ」

楊弓場から観音の政が出てきた。客引きの女がいっしょだった。

「俺に用らしいな」

政が音松に声をかけた。政は三十歳ぐらいだ。浪太郎はその風格に威圧された。

「ちょっとお訊ねしやす。吉原に親しい花魁がいますかえ」

音松がきいた。

「なんだ、おめえは？」

「へえ。その花魁に関わりあるものでして」

「なんていう花魁だ？」

政が迫る。

「『結城屋』の糸菊だ」

浪太郎は夢中で口にした。

「あなたは糸菊の間夫というのはほんとうですか」

「…………」

政は黙って浪太郎を睨み付ける。

「どうなんですかえ」

音松が問いかける。

「だったら、どうだと言うんだ？」

「あなたは糸菊に金を貢がせているんですか」

「…………」

政は口元を歪《ゆが》めた。

「向こうが勝手にしているんだ。それがどうしたんだ？」

「最近も五両をせがんだ？」

政は顔色を変えた。

「いってえ何が言いたいんだ？」

「五両をせがんだかどうかだけ知りたいんですよ」

音松が言う。

「せがんじゃいねえ。ただ、五両いると呟いただけだ」

政は平然と言う。

「五両用意しろと言ったも同然だ」

「そうか」

急に政が笑いだした。

「糸菊に入れ込んでいるという若旦那ってのはおめえだな」

政は浪太郎に顔を向けた。

「糸菊が言っていたな。五両いると言ったら、ばかな若旦那から出させるとな」

「嘘だ。糸菊がそんなこと言うはずない」

浪太郎はむきになった。

「人間なんてな、陰でなんて言っているかわからねえもんだ。早く、糸菊に五両持って行ってくんな。金がいるんだ」

政は含み笑いをし、

「じゃあ、早いとこ、糸菊のところに行ってくれ」

と言い、また楊弓場に戻った。

「どうだ、これで糸菊の本性はわかっただろう。それでも五両持って行くか」

音松が半《なか》ば哀《あわ》れむようにきいた。

浪太郎はわからなかった。政は嘘をついているのではないかと思いたかった。

「五両貸してくれ」

「また行くつもりか」

音松は呆れ返ったが、浪太郎はすぐ気が変わった。

「いや、もういい」

「何がいいんだ？」

「もう糸菊のところには行かかねえ」

浪太郎は込み上げてくるのを堪えて言った。糸菊からも見放され、ますます自分の居場所がなくなったような気がした。

「さあ、引き上げるぜ」

音松が言う。

浪太郎は胸が引き裂かれそうになりながら奥山から雷門のほうに向かった。ふと、誰かに見つめられているような気がした。

立ち止まって振り返ったが、視線の正体はわからない。気のせいだと思って、浪太郎はそのまま音松と仁王《におう》門をくぐった。

三

翌日の朝、剣一郎は小石川の多恵の実家に駆けつけた。

昨夜来、高熱を発し、息が弱まっているという知らせを受け、前夜から多恵が駆けつけ、今朝《けさ》になって剣一郎も向かった。

ちょうど本道《ほんどう》の医者が帰るところだった。

「どうなのですか」

剣一郎は医者にきいた。

「今、持ち直しましたが、心ノ臓はすっかり弱っていて、あとは最期を待つばかりにございます」

「いつまで持ちますか」

剣一郎は残酷なきき方をした。

「二、三日かと思われます」

「二、三日……」

一拍の間があって、剣一郎は呟いた。

玄関に向かう医者を見送り、剣一郎は高四郎の臥《ふ》せっている部屋に行った。

病床には義父母、多恵、文七がいた。

高四郎は顎《あご》を上げ、苦しそうに喘《あえ》いでいた。痩《や》せた顔は面変《おもが》わりをし、これが高四郎かと疑うほどだった。

義父母も看病やつれのように青白い顔をしていた。

剣一郎が顔を覗《のぞ》かせると、高四郎の目が微《かす》かに痙攣《けいれん》をした。目を開けようとしているようだった。

剣一郎が来たことがわかったようだ。

唇《くちびる》が微かに動いたが、声にはならなかった。

手を握ると安心したように呼吸が穏《おだ》やかになった。

「もうよい」

突然、義父が口を開いた。

「高四郎はよく頑張った。もうよい」

うっと義母が嗚咽《おえつ》を漏《も》らす。

多恵が義母の背中をさすった。

「義父上《ちちうえ》、義母上《ははうえ》」

剣一郎はふたりに呼び掛けた。

「高四郎はあとあとのことを考えておりました。特に文七のことです」

剣一郎は切り出す。

「まだ高四郎が存命なのにこのような話は不謹慎かもしれませぬが、高四郎の願いでもあります。どうか、高四郎が存命のうちに高四郎の前でお約束願えませぬか」

剣一郎はまず義父に向かい、

「文七はあなたの子です。高四郎の弟です。立派な男になっており、湯浅家の跡取りとして申し分ないことは私が請け合います。義母上」

次に剣一郎は義母に顔を向け、

「義母上にとっては複雑な思いもございましょうが、文七は義父上の紛れもない子。湯浅家の血を継《つ》ぐものにございます。どうか、文七を……」

「剣一郎どの」

義母が口をはさんだ。

「文七がここにいること自体、文七を湯浅家の人間と認めてのことです」

「義母上」

「剣一郎どの」

義父が顔を向けた。

「我らはとうに文七を受け入れていた。ただ、高四郎が生きているのに、このような話をするのが憚《はばか》られたのだ」

「やはり、そうでございましたか。なれど、これは高四郎が望んだこと。高四郎の前で、文七を迎える約束をすることこそ高四郎に安らぎを与えると思います」

「うむ」

義父は頷き、高四郎の顔を覗き込み、

「高四郎、よくきけ。文七を湯浅家に迎える。だから、安心せよ」

と、呼び掛けた。

また、高四郎の瞼《まぶた》が痙攣をした。

「高四郎、わかったのですね」

義母が涙声で言う。

「文七」

剣一郎は文七を促《うなが》す。

「はい」

文七は高四郎の手を握り、

「兄さん。文七は兄さんのぶんまで父上さま、母上さまに孝養《こうよう》を尽くし、湯浅家を守っていきます」

と、声をかけた。

「高四郎、きいたか。そなたの望みどおり、これで湯浅家は安泰《あんたい》ぞ」

剣一郎の声に、高四郎の目尻からひと筋の涙が流れた。

高四郎も喜んでいるのだと思った。


多恵を残して、剣一郎は湯浅家を出た。

足が重い。高四郎の死相の浮きでた顔が脳裏から離れない。さっきの文七に関わる話を、高四郎はきいたのだろうか。確かに剣一郎が声をかけると瞼が痙攣した。それはただ音に反応しただけかもしれない。

それをわかってくれたとみな勝手に思い込んでいる。事実はどうかわからないが、剣一郎は高四郎がわかったことを知らせてくれたのだと思いたかった。

自分がいなくなったあとを文七に託した思いは崇高《すうこう》だ。だが、高四郎は悔しかっただろう。

高四郎の無念を思うと胸が張り裂けそうになる。

本郷通りを聖堂裏までやって来て、剣一郎は立ち止まった。

すると、遠慮がちに太助が近寄ってきた。

「青柳さまの背中、ずいぶん寂しそうでした」

太助は驚いたように言う。

「病人の見舞いの帰りだからな」

「だいぶお悪いのですか」

「うむ」

剣一郎は頷く。

太助には高四郎のことを話してある。高四郎のあとを文七が継ぎ、文七の後釜《あとがま》に太助がなる。

人の世は不思議な因縁《いんねん》に包まれている。

「太助」

剣一郎は歩きながら呼び掛ける。

「へい、なんですかえ」

「そなたは身内が誰もないのか」

「いません」

「兄弟姉妹を欲しいと思ったことはあるのか」

「それはありますけど……。でも、いればいるでやっかいな存在かなって気もします。だから、ひとりぼっちは寂しいけど気楽ですから」

「そうだな」

天涯孤独であれば、身内との死別を味わわなくて済むのだ。剣一郎はさすがに高四郎のことで気が弱っていた。

「青柳さま、怪しい人間はついぞ見当たりませんでした。鬼夜叉一味は襲撃を諦めたのでしょうか」

太助が話題を変えた。

「そうよな。不思議だ」

あの侍は剣一郎だと知って襲ってきた。あのまま、諦めるはずはないと思っている。だが、現実は何もなかった。

襲撃する機会がなかったわけではないはずだ。見張りさえいなかった。誰かに見張られたり、つけられたりしたことはなかった。

あの侍は巧《たく》みに気配を消すが、たとえ気配を消されても、こちらが注意をしていれば尾行者には気づくものだ。

あれ以来、尾行者はない。そう考えてよいはずだ。

なぜか、なぜ襲撃を諦めたのか……。そこまで考えたとき、剣一郎はふと閃《ひらめ》くものがあった。

「これから『戸倉屋』に寄ってみる」

剣一郎は言い、昌平橋を渡り、柳原《やなぎわら》通りから本町《ほんちよう》通りに向かった。太助は黙ってついてきた。

大伝馬町一丁目の『戸倉屋』にやって来た。通りはたくさんのひとが行き交《か》っていて、『戸倉屋』も繁盛《はんじよう》しているようだった。

「太助、ここらで待っていろ」

「へい」

剣一郎は太助を残して、店の広い土間に入った。座敷では、何組かの客がいて反物《たんもの》を見ていた。

剣一郎が番頭を探していると、

「青柳さま」

と、浪右衛門が近づいてきた。

「ちょうどよかった」

「はい」

たまたま浪右衛門は店に出ていたところだったようだ。

「その後、何か怪しげなことは起きなかったか」

剣一郎は確かめる。

「幸いに何事もございませんでした」

「番頭のほうも？」

「はい。一度、得意先に行って帰りが遅くなったことがございましたが、何もありませんでした。怪しむようなことにも出合わなかったようです」

浪右衛門は穏やかに答える。

「そうか。どうやら、わしの考えすぎだったようだ。もう心配ないと思うが、念のためだ。用心は続けるように」

「はい」

浪右衛門は返事をしてから、

「そうそう、火盗改の与力さまがやって参りました」

「そうか、火盗改が来たか」

「はい、参りました」

「何をきいていった？」

「火消しの格好をした男の人相《にんそう》をきかれただけです。私も番頭もそれほど詳しく覚えていなかったのですが、特にそれ以上のことはきかれませんでした」

「そうか。じつは鬼夜叉の探索は火盗改が担《にな》うことになった。我らの手から離れる」

「そうでございましたか。火盗改の与力さまは、もう狙《ねら》われることはないと仰《おつしや》っていましたが」

「一度、しくじってけちがついた。縁起《えんぎ》を担《かつ》ぐだろうから、襲われることはないと思うが、用心は怠《おこた》らないことだ」

「はい」

やはり、顔を見られた『戸倉屋』の主人と番頭と手代に対しても何の行動も起こしていない。

もはや、失敗に終わった仕返しをするつもりはないのだ。鬼夜叉の眼中に、しくじった『戸倉屋』の件はまったくないのだ。

なぜ、ないのか。それは新しい押込みを企《くわだ》てているからではないか。『戸倉屋』の押込みに失敗した。ならば、次の標的に狙いを定めて動きはじめているのだ。

「忙しいところを邪魔した」

剣一郎が挨拶《あいさつ》をし、土間を出ようとしたとき、職人ふうの男が駆け込んできた。

「旦那」

「おや。どうしたんだえ。『植松《うえまつ》』の親方じゃありませんか」

浪右衛門が声をかけた。

『植松』は植木職人のようだ。親方は剣一郎に気づいて軽く会釈《えしゃく》をし、戸惑ったように浪右衛門を見た。

「構《かま》いませんよ。仰ってくださいな。浪太郎のことでは?」

浪右衛門は言う。

「そうなんでえ。きのう、浅草奥山で若旦那を偶然見かけたんですが」

「奥山で?」

浪右衛門の表情が曇《くも》った。

「遊び人ふうの男と楊弓場の前にいました」

「楊弓場……」

「そこで観音の政という女たらしの地回《じまわ》りと話し込んでいました。ちょっと心配になったもんで……」

「観音の政？　浪太郎はそんな人間と付き合っていたのか」

浪右衛門は厳しい顔で吐き捨てて、

「親方、わざわざ、すまなかった」

と、礼を言う。

「じゃあ、あっしは」

職人ふうの男が去ったあと、

「青柳さま、恥ずかしいことをお耳に」

と、浪右衛門は恥じ入るように言った。

「先日、見かけた浪太郎のことだな」
二十二、三歳、小肥《こぶと》りで、ややえらの張った顔の若者を思いだした。
「はい。悩みの種でございます。わざと親に反抗しているようでして……。あっ、とんだ愚痴《ぐち》をお聞かせして」

浪右衛門はあわてて頭を下げた。

「まあ、若気《わかげ》の至《いた》りというやつだろう。焦《あせ》らぬことだ」

「はい」

剣一郎は『戸倉屋』をあとにした。

「太助」

「へい」

「『戸倉屋』の長男は浪太郎と言い、どうやら生活が荒れているらしい。それとなく、浪太郎のことを調べてくれないか」

「何か心配なことでも？」

「観音の政というのは地回りだそうだ。商売をしている者たちから金をとっているような人間だろう。そんな人間と付き合っているのは心配になってな。どの程度の付き合いか調べてもらいたい」

「合点《がってん》だ」

そう言うや、太助は張り切って剣一郎の前から離れて行った。

剣一郎は奉行所に出仕し、宇野清左衛門のところに顔を出した。

「遅くなりました」

出仕が遅れたことを詫《わ》びると、清左衛門が心配そうにきいた。

「で、いかがか」

高四郎のことだ。

「はい。あと二、三日であろうと医者が……」

「そうか。まだ若いのに」

清左衛門はしんみり言う。

「ただ、文七が湯浅家に入ることを義父母も受け入れてくれました。高四郎も心置きなく旅立てると思います」

「そうか」

清左衛門は目をしょぼつかせた。

「宇野さま。じつはちょっと懸念が……」

そう言い、剣一郎は自分の不安を口にした。

「あくまでも勘《かん》でしかありませんが、『戸倉屋』への押込みに失敗した鬼夜叉は次の狙いに向けて動き出しているのではないでしょうか」

「うむ、鬼夜叉がこのまま何もしないわけはないだろう」

「おそらく、もうどこかに狙いを定めて、すでに動き出していると見ていいと思います。鬼夜叉の探索は火盗改の役目とはいえ、奉行所としても警戒を……」

「待て」

清左衛門が片手を挙げて制した。

「火盗改からは一切手出ししないでもらいたいと申し入れがあったようだ」

「手出しするなですか」

「奉行所は動き回らないでもらいたいということだ」

「また若年寄さまからお奉行に？」

「そうだ」

「動き回られたら邪魔だということですか。それにしても、なぜまた、そのようなことを言い出したのでしょうか」

剣一郎は不審に思った。

「宇野さまは今の件は長谷川さまからお聞きに？」

「そうだが、何か」

「長谷川さまは事情をすべてお話しなのでしょうか」

「どういうことかな」

清左衛門は不思議そうな顔をした。

「一切手出ししないでもらいたいと申し入れただけとは思えません。これこういう事情だからとお奉行には申し入れているのではありませんか」

「しかし、長谷川どのはそのことは口にしなかった。まさか、長谷川どのは……」

「ええ、宇野さまにも伝えていないのでは?」

「なぜ、わしにも?」

「私に聞かせたくないことがあるのではないかと」

「…………」

「宇野さま。お願いです。長谷川さまにそのことをお尋ねくださいませぬか。お奉行が若年寄さまから聞かされた話の中で抜け落ちているものがあるのではないかと」

剣一郎の意気込《いきご》みに気圧《けお》されたように、

「わかった。あとできいておく」

清左衛門は請け合った。

剣一郎は火盗改の強引なやり方に懸念を持っていた。剣一郎に隠さねばならないこととは何か。

剣一郎はすぐにでも四郎兵衛に会いに行って確かめたかった。

四

その日の夕方、浪太郎が出かけようとしたとき、父浪右衛門が廊下に立っていた。

「どこへ行くのだ？」

「はい、ちょっと」

浪太郎は羽織の紐《ひも》を結びながら言う。

「戻れ」

「えっ？」

「話があるから部屋に戻るのだ」

「でも、私は出かけなければなりませんので」

「どこへ行くのだ？」

「…………」

「言えないところか」

「いえ、言う必要がないからです」

「吉原か」

「…………」

「あれからも吉原に行っているようだが、金はどうした？」

「お店の金には手をつけていませんよ」

「どこで用立てたんだ？」

「…………」

「ともかく入れ」

浪太郎は部屋に押し戻された。

「どこから金を手に入れたのだ？」

「おとっつあんには関わりありませんよ」

「なんだと」

浪右衛門は顔色を変えた。

「いっしょにつるんでいる男は誰だ？　観音の政という地回りとどんな関係なんだ？」

「えっ？」

観音の政とのことをなぜ知っているのだと、浪太郎はあわてた。

「おまえは『戸倉屋』の若旦那と呼ばれる身ではないか。それなのに、そんな質《たち》のよくない連中と付き合うなんてどういう料簡《りようけん》なんだ？」

「何が『戸倉屋』の若旦那だ。腹にもないくせに」

「浪太郎、なんてことを」

浪右衛門は顔面を蒼白《そうはく》にして、

「質のよくない連中と付き合うから、おまえの心もひねくれるのだ。あの連中と手を切れ。いいな」

「おとっつあんにそんなことを言われる筋合いはありませんよ」

「なんて言い種《ぐさ》だ」

浪右衛門は声を震わせ、

「悪い仲間と付き合っていたらこの店にも災《わざわ》いがある。手を切れないならこの家に置いとくわけにはいかない」

「どうせ、『戸倉屋』は浪二郎に継がせるつもりのくせに」

浪太郎も感情が高ぶってきた。

「おとっつあんは浪二郎ばかりに目をかけて、俺なんかには目もくれなかったくせに」

「貴様という奴は」

浪右衛門は口をわななかせ、

「出て行け。おまえは、もう親でもなければ子でもない」

と、怒鳴《どな》った。

「上等だ。お望みどおり、出て行ってやる」

浪太郎も憤然と言い返す。

障子が開いて、母のおふさと浪二郎が飛び込んできた。

「おまえさん、落ち着いておくれ」

おふさが浪右衛門にすがりつくと、

「兄さんも落ち着いて」

と、浪二郎が声をかける。

「浪二郎、この店は最初からおまえのもんだったんだ」

「何を言うんだ。そうじゃない」

浪二郎が訴える。

「兄さん、観音の政がどんな男か知っているのか。あんな男と関わりを持つと、あとでどんな目に……」

「これは俺の問題だ」

「浪二郎、もういい。こんな性根の腐った人間を『戸倉屋』に置いとくわけにはいかない。浪太郎、おまえは……」

浪右衛門の声が止まった。

が、すぐその言葉が出た。

「勘当《かんどう》だ」

脳天《のうてん》を殴《なぐ》られたような衝撃を受けた。

親戚の連中も、勘当に異を唱《とな》えないだろう。皆、弟の浪二郎のほうを買っているのだ。

「浪太郎、おとっつあんにお謝り」

おふさが浪太郎にしがみつき、

「さあ、謝っておくれ」

と、叫んだ。

「おっかさん。俺なんていないほうがいいんだ。あとは浪二郎がいるから心配いらねえ」

浪太郎は風呂敷に着替えなどを包み、

「荷物はあとでとりに来る」

と、浪二郎に言い、部屋を飛び出した。

「浪太郎」

廊下までおふさが追ってきた。

振り返りもせず、浪太郎は『戸倉屋』を出て行った。


四半刻（三十分）後、浪太郎は富沢町の稲荷長屋に向かった。

長屋木戸を入り、音松の家の前に立った。腰高障子を開けて呼び掛けた。だが、音松はいなかった。

舌打ちしたが、出直すのも面倒で、浪太郎は勝手に部屋に上がった。

部屋の中はひんやりしていたが、手焙《てあぶ》りは温かかった。かじかんだ手を当てる。

夢中で飛び出してきたが、少し落ち着いてきて、浪太郎は事態の大きさに愕然《がくぜん》とした。勘当には親戚の者たちの同意も必要だが、勘当に異を唱える者はいないはずだ。かえって、これですっきり浪二郎に『戸倉屋』を渡すことが出来ると喜んでいるに違いない。

勘当が正式に奉行所で受理されるまで間はあるが、もう勘当が決まったも同然だ。

こんなときにこそ糸菊に会いに行きたいが、糸菊は俺を騙していたんだ。どいつもこいつも俺をばかにしやがってと、浪太郎は涙が出てきた。

壁に寄り掛かってあれやこれやと考えているうちにうとうとした。戸の開く音にはっとして目を覚ますと、土間に音松が立っていた。

「なんだ、浪太郎さんじゃねえか」

音松が驚いたように言う。

「すまない。留守中、勝手に上がり込んで」

「いや。構わねえが、いってえどうしたんだ？」

音松は部屋に上がってきいた。

「じつは勘当をくらったんだ」

浪太郎は畏《かしこ》まって答える。

「勘当だと？」

音松が目を見開いた。

「いつかは追い出されることになっていたんだ」

浪太郎はすがるように、

「落ち着き先が決まるまでここに置いてくれないか」

と、頼む。

「構わねえよ。そうか、勘当か。それにしても、おめえの親父は冷てえものだな」

「親父は弟のほうが可愛《かわい》いんだ。昔からそうだった。この機会を待っていたに違いない」

「まあ、こうなったら、おめえも変に未練を残さないほうがいい。早く、赤の他人だと思えるように心を切り換えるんだ」

「わかっている」

浪太郎は頷いた。

「くさくさしているだろう。今夜、糸菊に会いに行ったらどうだ?」

「いや、いい。あの女、俺を陰でばかにしてやがったんだ。あんな間夫のために金を使いたくねえ」

そう言いながらも、糸菊の柔らかな肌の感触が蘇《よみがえ》ってきて、心がざわつい
た。

「無理するな」

「金もないし」

「金なら貸してやるぜ」

「ほんとうか」

浪太郎は顔を綻《ほころ》ばせたが、すぐ、

「この前一両も借りたからな」

と、借金の額を気にした。

「そんなこと心配いらねえ」

「だって、俺は勘当されたんだ。『戸倉屋』に取りにいくわけにはいかないん
だ。返せる当てがなくなったんだ」

「そんなこと気にする必要はねえ」

音松はなんでもないように言う。

「音松さん。なんで、俺にそんな親切なんですかえ。俺なんか一銭も持っていな
いし、何の役にも立たねえ人間だ」

「そんなに自分を卑下《ひげ》するもんじゃねえ。おめえは役に立つ男だ」

音松はにやりとした。

「俺が役に立つ男？」

「そうさ、自分じゃ気づかないだけだ。そのうち、おめえとでかい仕事をしてみたいと思っているんだ」

「でかい仕事？　なんだえ、それは？」

「まあ、そのうち話す。さあ、金だ」

音松は財布から一両を出した。

「いいのか」

浪太郎は手を伸ばしたが、

「でも、五両持っていかないと……」

「向こうだって嘘をついているんだ。こっちだって、適当に言っておけばいい。そうだな、明日五両手に入るから、今度は必ず持ってくるとな」

「そうだな」

浪太郎はそうしようと思った。

暮六つ（午後六時）に夜見世がはじまる合図の三味線《しやみせん》が掻《か》き鳴らされ、通りに面した座敷に遊女たちが並んだ。張見世《はりみせ》である。

その中に、糸菊がいなかった。

浪太郎が『結城屋』の土間に入ろうとすると、この前の若い衆が近寄ってきて、

「若旦那」

と、声をかけてきた。

「糸菊さんはきょうは客をとらないんですぜ」

「どうして？　何かあったのか」

浪太郎は驚いてきき返す。

「間夫ですよ」

「観音の政……」

「ええ、間夫がくるときはまったく客をとらないんで、主人も苦虫《にがむし》をかみ殺していますよ」

「…………」

「糸菊さんが金をだすんですからね。どうして、あんな男に惚れてしまったの

か、不思議でなりません」

若い衆は首をひねった。

「政はもう来ているのか」

「いえ、まだです。でも、だめですよ。糸菊さんの頭の中は間夫のことしかないので、なまじ会うと不快になりますぜ。明日、出直したらいかがですかえ」

「……………」

浪太郎は落胆のため息をついた。

なお未練たらしくぐずぐずしていたが、すががきが終わり、客が入ってきたのを潮《しお》に、浪太郎は引き上げた。

廓《くるわ》内の華やかさも、浪太郎の目に入らない。どこをどう歩いたかわからないが、気がついたとき、大門を抜けていた。

勘当された夜に、借りた金を持って吉原に足を向けることは不謹慎だったのかもしれない。

衣紋坂を上がり日本堤に出る。見返り柳のそばから妖《あや》しく輝いている廓を見る。糸菊に入れ込んでいた自分が惨《みじ》めになってきた。

自分が注《つ》ぎ込んだ金はみな観音の政を肥やすために使われているのだ。そんな男に尽くしている糸菊がいじらしいというより、愚かだと思った。観音の政は水茶屋の女や楊弓場の女ともいい関係なのだ。苦み走ったいい男に違いないが、心の貧しい男だ。

浪太郎はそう思ったが、所詮《しょせん》嫉妬に過ぎなかった。

先日の朝帰りに駕籠で通った道をとぼとぼ歩いて帰る。

馬道から駒形《こまがた》、そして蔵前《くらまえ》を過ぎ、浅草御門をくぐった。

そのとき、柳原の土手のほうから悲鳴があがった。驚いて顔を向けると、頭から手拭《てぬぐ》いをかぶり、筵《むしろ》を抱えた女が駆けてきた。

「ひとが……」

夜鷹《よたか》の女は喘いで言い、そのまま逃げて行った。

浪太郎がその場に佇《たたず》んでいると、夜鷹からきいた自身番《じしんばん》の男が提灯を持って土手に向かった。

浪太郎はなぜか引き寄せられたようについて行った。

土手の下で、男が仰向《あおむ》けに倒れていた。

自身番の男が提灯の明かりを向ける。すでに死んでいることがわかった。浪太郎は引き返そうとして、目が亡骸《なきがら》の顔に釘付《くぎづ》けになった。

「観音の政……」

浪太郎は思わず呟いていた。

第三章　別れ

一

翌日、剣一郎は着流しに深編笠《ふかあみがさ》をかぶり、太助の案内で浅草御門の脇から柳原の土手に向かった。

朝から京之進が現場を検《あらた》め、奉行所の小者たちも下手人《げしゅにん》の手掛かりを求めて草むらを探し回っていた。

「青柳さま」

京之進が驚いた顔でそばに近寄ってきた。

「殺されたのは観音の政と呼ばれている男だそうだな」

剣一郎は確かめる。

「そうです。政次《まさじ》といい、花川戸《はなかわど》に住んでいる遊び人です。でも、どうして青柳さまがこの件を?」

「『戸倉屋』の息子が観音の政と関わりがあったようなのだ。それで、観音の政のことを太助に調べさせていた。そしたら、昨夜《ゆうべ》太助が屋敷まで観音の政が殺されたと知らせにきたのだ」

「あっしが観音の政の仲間のところを回って聞き込んでから引き上げる途中、浅草御門を過ぎたところで現場に駆けつける植村さまをお見かけしてあとについていったんです」

太助が口をはさんだ。

「そうだったのか」

「で、下手人は?」

剣一郎はきいた。

「まだです。袈裟懸《けさが》けに一太刀《ひとたち》。かなりの遣《つか》い手のようです」

「相手は侍《さむらい》か」

「はい。ならず者同士の喧嘩《けんか》ではないようです。物取りかもしれません。財布がありませんでした」

剣一郎は草むらを探索している小者たちに目をやり、

「財布を探しているのか」

と、きいた。

「はい。政が財布を持っていなかったとは考えられません。下手人が金だけとって財布は捨てたかもしれませんので」

「しかし、ずいぶん寂しい場所で襲ったものだ。夜鷹《よたか》買いの男ぐらいしか通らないように思えるが……」

夜鷹と遊ぶ客は棒手振《ぼてふ》りや日傭取《ひようと》りなどの実入りの少ない者たちが多い。そんな男たちを狙《ねら》ってもたいした稼《かせ》ぎにはならない。そう考えると、物取りではないような気がする。

それより、太助の話では、政は役者上がりで苦《にが》み走《ばし》ったいい男だったそうだ。夜鷹買いをするほど女に不自由しなかったはずだ。

京之進の調べは、まだそこまで及んでいないのかもしれない。

「太助が聞き込んだことによれば、政は吉原の花魁《おいらん》の間夫《まぶ》だそうだ。そんな男が夜鷹買いをするようには思えない」

「そうですね」

京之進は首を傾《かし》げ、

「政次はなぜ、こんな場所に来たのでしょうか」

「誰かに誘《おび》き出されたとしか考えられぬ。誰かはわからぬが……」

「太助も思い当たることはないか」

京之進が太助にきいた。

「へえ、ありません。ただ」

太助は続けた。

「観音の政は女を食い物にしているような男です。恨《うら》みを買っているのではないかと思います」

「女を寝取られた男が恨みから殺し屋を雇《やと》ったということも考えられますね」

京之進が思いついたように言う。

殺し屋と聞いて、剣一郎は昌平橋で待ち伏せていた侍を思いだした。あの侍もかなりの腕の持ち主だった。

だが、あの侍は殺し屋とは思えない。鬼夜叉の一味だろう。鬼夜叉の仕業《しわざ》とされる事件の亡骸《なきがら》の様子から、一味に凄腕《すごうで》の侍がいることがわかっている。

「亡骸を発見したのは夜鷹だそうだが、怪《あや》しい人間は見ていないのだな」

剣一郎は京之進にきいた。

「客を求めて、ひとの声がしたほうに行ったら男が倒れていたそうです」

そのとき、京之進の手下が走ってきた。

「旦那《だんな》、これ」

手下は手にした財布を見せた。牛革の財布だ。

「使い古しているが上物だ」

京之進が目を見開いた。

「観音の政のものか」

京之進は中を検める。

「空《から》です。この財布の中身を狙ったんでしょうか」

「うむ。まず、その財布が観音の政のものか確かめてからでないと何とも言えないが、中身を奪《うば》うために殺したのか、あるいは殺しの理由を隠すために盗人《ぬすっと》を装ったのか。いずれにしろ、下手人は観音の政と知っていて襲ったものと思える」

剣一郎はそう推《お》し量《はか》り、

「ここには下手人といっしょに来たようだ」

「すると、下手人は政の知り合い？」

太助がきく。

「うむ。京之進がさっき言ったように、この場所に殺し屋を待たせ、政をここまで誘き出したのかもしれない」

剣一郎はそれが一番真相に近い考えのような気がした。

「これから、この財布を持って観音の政の知り合いに当たってみます」

「わかった。ところで京之進」

剣一郎は話題を変えた。

「火盗 改《かとうあらため》は時蔵を拷問《ごうもん》にかけたそうだ」

「えっ、拷問……」

火盗改からの一切《いっさい》手出しするなという申し入れに不審を抱《いだ》き、宇野清左衛門に長谷川四郎兵衛への問い質《ただ》しを頼んだ。

その返答は唖然《あぜん》とするものだった。

時蔵を拷問にかけ、鬼夜叉が次に狙う商家を自白させたという。このことを剣一郎に知らせると黙っていないだろうから、四郎兵衛は清左衛門にも話さなかったのだという。

「なぜ、時蔵を拷問に？」

「はじめから時蔵を疑っていたのだ。奉行所の追及が甘いから時蔵に嘗《な》められていたというのが、火盗改の言い分だ」

「拷問にかけるために時蔵を我らから奪っていったのですね」

京之進は怒りから顔を紅潮《こうちよう》させた。

「そうだろう」

剣一郎は頷《うなず》き、

「しかし、火盗改は次の狙いを自白させたと自賛しているようだ」

「時蔵は我らを騙《だま》していたということですか」

「自白が真実ならばな」

「時蔵が自白したのはどこなんですか」

京之進はむきになってきく。

「教えようとしない」

「教えない？」

「そうだ。奉行所がしゃしゃり出てくるとうまくいくものもいかなくなるからおとなしくしてもらいたいと言ってきたそうだ」

「だから教えないと言うのですか。ふざけてます」

京之進は吐き捨てる。

「だが、わしは時蔵の自白を俄《にわか》に信じられない」

剣一郎は疑惑を口にした。

「時蔵が我らに打ち明けたことは偽《いつわ》りとは思えない。自白は拷問に耐えかねて出まかせを言ったのかもしれない」

「自白しなければ許さないでしょうから」

京之進はやりきれないように言う。

「時蔵を渡したのは失敗だった。なんとしてでも、阻止するのだった」

剣一郎は悔《く》やみ、

「青柳さま、時蔵はどうなるのでしょうか」

「火盗改が偽りの自白とは気づかず、その商家に厳戒態勢で臨んだとしても無駄な時間を費《つい》やすだけだ。もし、そこが狙われなかった場合、火盗改は再度、時蔵を拷問にかけるやもしれぬ」

「どう対処いたしましょう」

「火盗改との約束から奉行所は表立《おもてだ》っては動けぬ。また、動こうにも手掛かりは何もない。自身番《じしんばん》や木戸番に注意を呼び掛け、どんな些細《ささい》なことでも知らせをもらうようにしておくのだ。鬼夜叉への対策ではなく、あくまでも一般の犯罪を防ぐためということで」

「わかりました」

「では、頼んだ」

剣一郎は京之進と別れ、大伝馬町に向かった。

「青柳さま。『戸倉屋』にですか」

太助がついてくる。

「念のためにに、浪太郎から話を聞いてみたい。観音の政とはどんな関係なのか」

「あっしはどうしましょうか」

「ついて参れ」

「へい」

大伝馬町一丁目の『戸倉屋』にやって来た。

剣一郎は深編笠をはずし、店先にいた番頭《ばんとう》に声をかけた。

「浪右衛門はいるか」

「はい、おります」

番頭は手代《てだい》を呼びつけ、旦那を呼ぶように命じ、

「どうぞ、こちらで」

と、店の中に招《しょう》じた。

浪右衛門はすぐ出てきた。

「青柳さま」

「じつは、浪太郎に会いに来たのだ」

「浪太郎に？」

浪右衛門は表情を曇《くも》らせ、

「どうぞ、お上がりください」

少し焦《あせ》ったように勧《すす》めた。

「この者は太助といい、わしの下で働いている者だ」

剣一郎は太助を引き合わせた。

「わかりました。どうぞ」

浪右衛門はふたりを客間に通した。

向かい合ってから、浪右衛門が口を開いた。

「青柳さま。じつは浪太郎を勘当《かんどう》することにしました」

「勘当？」

「はい。親戚の者も賛成し、今手続きを進めているところです」

「何があったのだ？」

浪右衛門が事情を説明した。

「浪太郎は悪い仲間と付き合っているようなのです。そのことで問い詰めましたが、かえって開き直って……」

浪右衛門はやりきれないように、

「浪太郎は弟の浪二郎に嫉妬《しっと》しているようです。子どものころから、読み書きも算盤《そろばん》も、浪二郎のほうが呑《の》み込みが早く、周囲からも浪二郎のほうが可愛《かわい》がられていました。何事につけても浪二郎は要領よくこなし、浪太郎は身につくまでだいぶ時間がかかりました。そんなですから、周囲の受けも浪二郎のほうがよく、だんだん浪太郎は僻《ひが》むようになりました。浪太郎とて時間がかかってもちゃんとやってきているのですから、劣等感を持つ必要はないのですが、本人は傷《きず》ついていたのでしょう。だんだん生活が荒れて……。家に帰らないこともたびたびで、最近は悪い仲間と付き合いだし……」

「浪太郎について、そなたはどう思っているのだ？」

剣一郎は口をはさむ。

「もう庇《かば》いきれないところまできてしまったようです」

「『戸倉屋』の跡継《あとつ》ぎと考えていたのか」

「長男ですから」

「悪い仲間というのは観音の政か」

「はい。もうひとり、名前はわかりませんが、やはり遊び人の男と親しくしています」

ふいに浪右衛門は目を見開き、

「青柳さま。浪太郎にどんな御用でございましょうか」

と、不安そうにきいた。

「観音の政のことできたかったのだ」

「観音の政が何か」

浪右衛門の表情が強張《こわば》った。

「殺された」

「えっ?」

「昨夜《ゆうべ》、観音の政の死体が柳原の土手で見つかった」

「なんですって」

浪右衛門は腰を浮かした。

「まさか、浪太郎が関わっていると……」

「そうではない。観音の政を殺したのは侍だ、刀で斬《き》られている。政が何をしていたかを知りたいだけだ」

「浪太郎のばかやろう」

浪右衛門は拳《こぶし》を握《にぎ》りしめた。

「殺しに関わっているわけではない」

「いえ、そういう危険な連中と付き合っていることだけでも駄目です。なぜ、こんなことに……」

「浪太郎はいまどこにいるのか知らないか」

「知りません」

浪右衛門は首を横に振ってから、

「うちに出入りしている職人で甚五郎という大工の親方がいます。浪太郎を可愛がってくれていて、浪太郎も子どものころから懐《なつ》いていました。勘当したら、てっきり甚五郎親方のところにやっかいになるだろうと高《たか》をくっていたのですが、そこには行ってませんでした」

「では……」

「はい。おそらく、悪い仲間のところでしょう。浪太郎がまっとうな仕事につけるわけはありません。悪事の片棒を担《かつ》いでいくようになるでしょう。ますます泥沼にはまってしまいます」

浪右衛門はすがるような目を向け、

「青柳さま。どうか、浪太郎をお助けくださいませんか。この通りです」

と、深々と頭を下げた。

「あいわかった。浪太郎を探してみよう」

「お願いいたします」

浪右衛門は再び深々と頭を下げた。


剣一郎は太助を伴《ともな》い、高砂町にある大工の甚五郎の家に行った。

土間にちょうど印半纏《しるしばんてん》を羽織った年配の男がいた。出かけるところのようだ。

「甚五郎か」

「はい。青柳さまで」

「『戸倉屋』からここに来た」

「若旦那のことですね」

「うむ。ここには来なかったそうだな」

「はい。来ませんでした」

甚五郎は沈んだ顔で言う。

「他に行くところに心当たりはないのか」

「ありません。吉原で遊んで朝帰りのときは必ずうちに寄って夕方まで休んでいました。二階の部屋を若旦那に使ってもらっていましたから」

「浪太郎が付き合っている人間を知らないか」

「知りません。『戸倉屋』の旦那から悪い仲間と付き合っているようだと聞いて驚きました。若旦那は朝帰りはしょっちゅうでしたが、悪い仲間との付き合いはなかったはずです。もし、そうだとしたら最近のことだと思います」

「最近か」

「それこそ、観音の政とかいう男とは縁《えん》がないはずです。旦那は観音の政と付き合っているようだと言ってましたが、観音の政は浅草界隈《かいわい》でちょっとした悪《わる》です。浅草に住む大工仲間から、女たらしの男だと聞いたことがあります」

甚五郎は沈んだ顔で、

「そんな男と若旦那が知り合う機会はあるとは思えません。ただ、あるとすれば、吉原です。若旦那は吉原に贔屓《ひいき》の花魁がいたようです。観音の政は役者上がりの苦み走った顔の男で、俺の女は吉原の花魁だと自慢していたそうです」

「同じ花魁だということか」

剣一郎はありえるかもしれないと思った。

「はい。もし、ふたりに関わりがあるなら、それしか考えられません」

「花魁の名はわからないのだな」

「そこまでは」

「その観音の政だが、昨夜、柳原の土手で斬られて死んだ」

「えっ？」

甚五郎は顔色を変えた。

「まさか、若旦那が関わっていると？」

「そうではない。観音の政について、浪太郎から参考のために話を聞きたかったのだ」

「………」

「浪太郎の行方がわかったら教えてもらいたい」

「わかりました」

「出かけるところを邪魔した」

「いえ。普請場《ふしんば》の様子を見てくるだけです」

剣一郎は甚五郎の家を出た。

「太助」

「はい」

「観音の政が誰の間夫だったか訊き出してくるのだ。政も自慢してはいても花魁の名までは吹聴《ふいちょう》していまい。政の仲間から知ることは難しいと思う。吉原の遊廓を一軒ずつきいてまわるしかないかもしれない」

浪太郎の敵娼《あいかた》の間夫が観音の政かどうか。それが事件と関わりあるかどうかわからないが、確かめておかねばならない。

「吉原に行ってきます」

太助は勇《いさ》んで言う。

剣一郎は太助と別れ、奉行所に戻った。途中、大店《おおだな》の前を通るとき、無意識のうちに火盗改がいないか周辺を見回していた。

二

部屋の中は暗くなってきた。浪太郎は明かりも点《つ》けず、どてらを羽織ったまま部屋の真ん中で酒を呑《の》んでいた。観音の政の死に顔を見たときの衝撃が何度も蘇《よみがえ》って浪太郎を苦しめる。脳裏《のうり》から白目を剝《む》いた死に顔をふり払うように、湯呑みの酒を呷《あお》った。

だが、胸が騒いでいるのは死に顔を見たからだけではない。観音の政の死が浪太郎と会った翌日だからだ。

まさかという思いがずっと胸に突き刺さっている。

昨夜は『結城屋』に行ったが、糸菊は間夫が来る日は客をとらないということで、浪太郎は無駄足を踏んだだけでなく、深く傷ついた。

いろいろな客を相手にしている遊女は商売を離れて本気で惚《ほ》れた男がいなければやっていけないのだ。糸菊には観音の政が生きがいだったのか。

確かに、観音の政は苦み走ったいい男だ。だが、実際はとんでもない男だ。糸菊以外にも女がいる。糸菊は騙されていたのだ。

糸菊にとっては観音の政以外の男は金を運んでくる鴨《かも》でしかない。浪太郎も鴨なのだ。やりきれない気持ちで引き上げる途中、観音の政の死に出くわした。

何か出来すぎていると思ったのはきょうになってからだ。

そのとき、腰高障子《こしだかしょうじ》が開いた。はっとして戸口を見ると、音松だった。

「どうしてえ、明かりも点けずに」

音松が部屋に上がり、行灯《あんどん》を灯《とも》した。

「寒いだろう」

火鉢《ひばち》に炭《すみ》をくべてから、

「どうしたんだ？」

と、音松がきいた。

「音松さん、観音の政はどうして死んだんだ？」

浪太郎の声は寒さと恐怖で震《ふる》えを帯《お》びていた。

「女たらしだったから、いろいろ恨まれていたんだろうよ」

音松はにんまりした。

「奥山まで会いに行った次の日に殺されたんだ。まさか、音松さんが俺のために……」

「観音の政は刀で斬られているんだ。殺《や》ったのは侍だ」

「…………」

侍に頼んだのではないかと言おうとした。だが、その前に、音松が口を開いた。

「浪太郎さんよ。観音の政がいなくなって糸菊にとってもよかったじゃねえか。この先ずっと政に金をむしりとられていたはずだ」

「そうだけど」

「素直に喜んでいればいい」

音松は言ってから、

「観音の政がいなくなったのは好都合じゃねえか。少し落ち着いたころを見計らって、顔を出すがいい。やさしい言葉をかけてやれば、おめえが観音の政の代わりになれるかもしれねえぜ」

と、笑った。

「俺なんてだめだ」

「そう勝手に決めつけるもんじゃねえ。もっと自分に自信を持て」

「…………」

「ところで、ここはふたりじゃ狭すぎる。霊岸島《れいがんじま》にいる俺の知り合いが二階の部屋を貸してくれるって言うんだ。どうだえ、そこに移らねえか」

音松が勧《すす》める。

「いいのかえ」

「もちろんだ」

「でも」

「でも、なんだ？　吉原から遠くなるからか」

「そうじゃねえ」

浪太郎はあわてて、

「これから仕事を見つけなきゃならねえんだ」

「焦《あせ》る必要はねえ。まだ、博打《ばくち》で儲《もう》けた金がある。それまではのんびりしていればいい。糸菊に会いに行く金ならいつでも貸す」

「音松さん、なんで、そんなに俺に親切なんだ？」

「前にもきいたな」

音松は苦笑して、

「おめえは役に立つ男だって言ったろう。いつか、おめえとでかい仕事をしてみたいと思っているんだよ」

「でかい仕事ってなんだ？」

「今にわかる」

「俺に出来ることか」

「もちろんだ。おめえなら出来る」

「そうか、俺にも出来るのか」

「おめえのいけねえところは自分はだめな人間だと勝手に決めつけてしまっているところだ。自信を持て」

子どもの頃から弟の浪二郎と比較され、惨《みじ》めな思いを味わってきた。商売を覚えるのも浪二郎のほうが早く、浪太郎はいつも後《おく》れをとっていた。

自信を持てという音松の言葉は浪太郎を奮《ふる》い立たせた。期待されていると思うとうれしくなってきた。なんだか自信が生まれ、元気が出てきた。自分を認めてくれる人間にはじめて出合ったのだ。

「音松さん、なんでもやる。いっしょにやらせてくれ」

「ああ、頼りにしているぜ。じゃあ、これから霊岸島に行こう」

「これから」

「そうだ。こういうことは早いほうがいい」

「わかった」

浪太郎は頷いたが、

「ちょっとその前に四半刻（三十分）ほど時間をくれ。ちょっと行っときたいところがあるんだ」

と、頼んだ。

「どこだ？」

音松の目が鈍《にぶ》く光ったような気がした。

「大工の親方のところだ。『戸倉屋』を出た挨拶《あいさつ》をしていないんだ。俺のことは心配ないからと話してくる」

「そうか。だが、霊岸島の話はするな」

「えっ？」

「いや。先方には勘当された身だとは話していないんだ。引っ越し先を教えて、あとで大工の親方が訪ねてこられたら、おめえのことがすっかりわかってしまう」

「…………」

「心配するな。勘当された身だとはおいおい話すつもりだ。だが、まだ話していない」

霊岸島の話はするなという音松の説明がぴんと来なかったが、

「わかった」

と、浪太郎は答えた。

「じゃあ、帰り次第、出発するぜ」

音松の声を背中に聞いて、浪太郎は土間を出た。

高砂町の甚五郎の家までそれほど離れていない。

甚五郎の家の戸を開けると、作業場で内弟子《うちでし》の若い男が鉋《かんな》の刃を研《と》いでいた。

「若旦那」

おかみさんが声をかけた。

その声に奥から、甚五郎が飛び出してきた。

「若旦那。どこに行っていたんですかえ。さあ、ともかく上がって」

甚五郎が急《せ》かす。

「ゆっくりしてられないんだ」

浪太郎は土間で挨拶をして引き上げるつもりだった。

「親父から聞いていると思うけど勘当になった。だけど、心配しないでくれ。俺は俺で生きていく道を見つけるから」

「若旦那。そんなことを言うもんじゃねえ。うちの二階で過ごし、勘当を解《と》いてもらうようにするんですよ」

「親方。親父もこれでほっとしているはずだ。これで堂々と浪二郎を跡継ぎに出来るんだからね」

「何仰《おつしや》いますね。跡継ぎは若旦那じゃありませんか」

「いいんだ、慰《なぐさ》めは」

浪太郎は自嘲《じちよう》ぎみに言い、

「親方、いろいろ世話になって……」

「若旦那」

甚五郎は遮《さえぎ》って、

「若旦那。考え直すんですよ。うちにいて、勘当が解けるように頑張るんです。きっと旦那もわかってくださいます」

「親方。勘当を解かれたところで、俺の居場所なんてないんですよ」

「若旦那。じゃあ、いまどこにいるのかを教えてください」

「なんとかこの先の目鼻がついたら、改めてお邪魔する。じゃあ」

浪太郎が踵《きびす》を返そうとしたとき、

「若旦那。観音の政とはどんな付き合いだったんですかえ」

「付き合いなんてない」

「でも、若旦那が観音の政と浅草奥山で話し込んでいるのを見た人間がいるんです」

「たまたまだ」

「たまたまいっしょになったにしてはずいぶん深刻そうに話していたそうではないですかえ」

甚五郎はさらに迫った。

「そのとき、いっしょにいた遊び人は誰ですかえ」

「………」

「若旦那。素性の知れぬ男と付き合っていてはいずれ危ない目に巻き込まれないとも限りません」

「そんな人間ではないから大丈夫だ」

「若旦那。ぜひ、居場所を教えてくださいな。何かあったとき、連絡出来るようにしておかないと」

「いままで富沢町にいたが、これから別の場所に引っ越すことになったんだ。落ち着いたら、改めて挨拶にくる。俺のことは心配いらない。おかみさん、お達者《たっしゃ》で」

「若旦那」

引き止める声を無視して土間を出た。

黒い影が路地に消えたのを見た。一瞬だったのではっきりしなかったが、音松のような気がした。

稲荷長屋に帰り、腰高障子を開けると、音松が待っていた。土間の草履《ぞうり》が少し前後にずれて脱いであった。

浪太郎が出かけるとき、草履は揃《そろ》えてあったのを覚えている。急いで駆け上がったような気がする。だからといって、甚五郎の家から出たときに目にした黒い影が音松だったとは言い切れない。厠《かわや》に行ったあとかもしれないのだ。

「よし、行くか」

音松は行灯の明かりを消した。

葭町《よしちょう》から小網町《こあみちょう》二丁目の鎧河岸《よろいがし》を通り、北新堀町《きたしんぼりちょう》から日本橋川を渡って霊岸島に行った。音松が連れて行ったのは大川端町《おおかわばたちょう》で、その町外れにひっそりと骨董屋《こっとうや》があった。小さな看板に『風雅堂《ふうがどう》』と出ていた。

大戸は閉まっている。音松は潜《くぐ》り戸を叩《たた》いた。しばらくして、覗《のぞ》き窓から誰かが覗いた。すぐに戸が開いた。

音松に続いて浪太郎も入る。土間に白髪《しらが》の目立つ男がいた。

「とっつあん、浪太郎さんを連れてきた」

音松が引き合わせる。

「浪太郎です」

「よう来なすった。さあ、上がって」

店の奥にある梯子《はしご》段を上がって二階に行く。

小部屋に行灯が灯っていた。

落ち着いてから、改めて白髪《しらが》の目立つ男が口を開いた。

「亭主の伝蔵《でんぞう》だ。おまえさんのことは音松さんから聞いている。この部屋を使ってくれ。娘とふたり暮らしだ。遠慮はいらないよ」

「よろしくお願いします」

「おつやさんは？」

音松がきく。

「いま、酒の支度《したく》をしている」

伝蔵が言うと、梯子段を上がる足音が聞こえた。

おつやは二十二、三歳の目鼻だちの整った女だった。

「いらっしゃい」

そう言い、おつやは酒肴《しゅこう》を並べた。

「飯はまだだろう。音松さんもいっしょに」

伝蔵が言う。

「へえ、すみません」

「おつや、浪太郎さんだ」

「おつやです。さあ、どうぞ」

おつやはチロリの酒を浪太郎が摑《つか》んだ猪口《ちょこ》に注《つ》ぐ。

「すみません」

それから、おつやも交《まじ》えて酒盛りになった。

「とっつあん、景気はどうだえ」

音松がきく。

「まああだ」

「そうかえ」

「浪太郎さんはいける口ね」

おつやが酒を注いだ。

「すみません」

「ねえ、音松さんとどういうつながりなの？」

おつやがきいた。

「それは……」

何と答えていいかわからず、助け船を求めるように音松を見る。

「そう言えば、はじめて会ったのも呑み屋だったな」

音松がにやついて言う。

「そうです。私がくさくさして呑んでいたので、声をかけてくれたのです。それから、すっかりお世話になりっぱなしで」

浪太郎は音松に頭を下げた。

「そんなことはねえ。俺だって今におまえさんにお世話になることもあるだろうから、お互いさまだ」

「音松さんに浪太郎さんのことをずいぶん買っているんだ」

伝蔵がにこやかに続ける。

「何度もその話を聞かされてね。そんなひとなら部屋を使ってもらおうと考えたんですよ。なるほど、音松さんの言うとおりだ」

「えっ？」

浪太郎はどういうことか気になった。

「浪太郎さんはいつか大きなことをしそうな雰囲気があります。さすが、音松さんの眼力は凄《すご》いと思いました」

「とっつあんも、そう思うかえ」

音松が聞き返す。

「私もそう思いますよ」

おつやも口をはさんだ。

「買いかぶりです」

浪太郎は褒《ほ》められて高揚してきた。

「俺の言うとおりだろう。もっと自分に自信を持つんだ」

それからしばらくして、伝蔵が立ち上がった。

「俺はもう眠くなった。おまえさん方は勝手にやっててくれ」

おつやが立ち上がろうとするのを、

「いい、おまえはここにいろ」

と言い、伝蔵は部屋を出て行った。

それから三人で呑み続けたが、おつやは呑むほどにあだっぽくなっていった。これからひとつ屋根の下で、おつやと暮らすことになるのかと思うと知らず知らずのうちに心が弾《はず》んできた。

「あら、お酒がないわ。いま、燗《かん》をつけてきますね」

おつやがチロリを持って階下に行った。

「おつやさんは出戻りらしい」

音松が小声で教えた。

「どこかの商家の若旦那に嫁《とつ》いだそうだが、わずかひと月で婚家を飛び出してきたそうだ。相手はいやな男だったらしい」

「そうなのか」

だから若いのにあのような色香があるのかと合点《がてん》がいった。と、同時になぜか心がざわついた。

「まあ、ここはあのふたり暮らしだ。遠慮なく過ごすんだな」

「なにからなにまで」

浪太郎は音松には感謝してもしきれないと思った。もし、音松がいなければ、自分はどうなっていただろうか。

梯子段を上がってくる足音がして、おつやが戻ってきた。

「お待たせしました」

おつやはチロリを持ってきた。ほろ酔いのおつやは白い肌をほんのり染めて、浪太郎の心をさらに落ち着かなくさせていた。

三

翌日の昼前、剣一郎は太助とともに吉原大門をくぐった。

すぐ左手に面番所《めんばんしょ》がある。隠密《おんみつ》同心らが交代で常駐し、怪しい人間の出入りを見張っている。

剣一郎が面番所に入ると、岡《おか》っ引《ぴ》きがあわてて出てきた。

「青柳さまで」

「観音の政を知っているか」

「へい。よく出入りしていました。殺されたそうですね」

「うむ。まだ下手人はわからぬ。観音の政がどこの妓楼《ぎろう》に揚がっていたか知っているか」

「『結城屋』だと思います」

三十半《なか》ばと思える岡っ引きは即座に答えた。

「敵娼《あいかた》は？」

「さあ、そこまでは」

岡っ引きは首を横に振った。

「観音の政の敵娼を知りたい。すまぬが、『結城屋』まで付き合ってもらえぬか」

「へい、わかりました」

剣一郎は岡っ引きといっしょに面番所を出た。

太助が観音の政の行きつけの妓楼までは調べたが、見世《みせ》の者は敵娼の名を口にしようとしなかった。それで、岡っ引きを引っ張りだしたのだ。

仲之町を歩き、江戸町一丁目の木戸門を入る。まだ昼見世のはじまりまで間があり、通りは閑散《かんさん》としている。

張見世《はりみせ》の前の格子《こうし》を籬《まがき》と言う。朱塗りの格子の惣籬《そうまがき》の大見世を過ぎると、半籬の中見世が現われた。

「ここが『結城屋』です」

岡っ引きが言い、入口を入り、土間に行く。剣一郎と太助も中に入る。

「これは親分さん」

内証《ないしょう》から楼主《ろうしゅ》の女房が出てきた。

「あっ」

剣一郎を見て、

「青柳さまで」

と、左頰《ほお》の青痣《あおあざ》を見て言う。

「うむ。じつはききたいことがあって来た」

「はい、なんでございましょうか」

「おかみさん、あっしを覚えていますかえ」

太助が顔を突きだした。

「おまえは……。あっ、きのうの？」

「へえ、おかみさんに冷たく追い返された者でございます」

太助は腹の虫が収まらなかったようで、

「仕方ないので、わざわざ青柳さまにご足労願ったんですよ」

「まさか、青柳さまのお使いとは思えず、知らぬこととはいえ、たいへん失礼をいたしました」

女房は小さくなった。

「あれ、確か青柳さまの使いとお話ししたはずですが」

「太助、もういい」

剣一郎はたしなめる。

「へい」

太助は引き下がった。

「どうだ、この者の問いに答えてもらえるか」

剣一郎はきく。

「はい。もちろんでございます」

女房はあわてて、

「糸菊という妓《こ》です」

「糸菊か。糸菊に会えるか」

「青柳さま」

でっぷり肥《ふと》った男が出てきた。

「楼主の敏八《びんぱち》にございます」

表情が曇っている。

「糸菊がどうかしたのか」

観音の政の死を知った糸菊がばかな真似《まね》をしたのではないかと剣一郎は緊張した。

「はい。間夫が死んでから食事もとっていません。ひがないちにち、虚《うつ》ろな目で……」

「会えるか」

「はい」

「どうぞ」

楼主は剣一郎と太助を内証の奥に案内し、小部屋の前で立ち止まった。

「ここです」

楼主は黙って襖《ふすま》を開けた。陽《ひ》の射《さ》さない薄暗い部屋に、女が背中を向けて座っていた。

「糸菊」

楼主が呼び掛けた。が、反応はない。

「ずっとこの調子です」

「失礼する」

剣一郎は部屋に入り、糸菊の前に回り込んだ。

髪はほつれ、生気のない顔を壁に向けている。目が死んでいると思った。美しい顔だけにいっそう悲壮感に満ちていた。

「糸菊」

声をかけたが、表情に変化はない。

「医者に診《み》せましたが、しばらく様子をみるしかないとのことでした」

楼主は不安そうな顔で、

「自害を心配し、私の部屋の近くにおいています」

「それほど観音の政に惚れ込んでいたのか」

剣一郎はやりきれなさに吐息を漏《も》らした。

「はい。ずいぶん、入れ込んでいました。観音の政の揚代《あげだい》はいつも糸菊が持ち、帰りには小遣いまで持たせていました。何かあったら、ふたりは足抜けして心中するかもしれないと、びくついていました」

「回復には時間がかかりそうだな」

「はい。客がとれないので、大損です」

「きっと回復する。それまで、よく看病してやるのだ」

「はい」

「ところで、糸菊の客で浪太郎という男がいなかったか」

「『戸倉屋』の若旦那ですね」

「そうだ、いたのだな」

「はい。最近は熱心に来ておりました」

「最後に来たのはいつかわからぬか」

「若い者にきいてみましょう」

楼主は土間に行き、若い衆を呼んだ。三人が集まった。

「『戸倉屋』の若旦那が、最後にいつ来たか知っているものはいないか」

楼主がきくと、色白の若い衆が前に出て、

「知っています」

と、答えた。

「いつだ？」

「へえ、二日前です」

「二日前？」

観音の政が殺された日だ。

「夜見世がはじまってすぐ見世にやって来ました。ですが、その日は糸菊の間夫がやってくることになっていたのです。間夫が来る日は、糸菊は廻しの客はとりません。それで、若旦那はすごすご引き上げていきました」

「そうか」

「そのとき、浪太郎は何か言っていたか」

「いえ。ただ……」

若い衆は言いさした。

「どうした？」

「いえ、なんでもありません」

「浪太郎に会えばわかることだ。隠さず話すのだ」

言いにくいことなのだろうと思い、剣一郎は強く促《うなが》した。

「へえ」

若い衆は楼主が離れていったのを確かめて、

「糸菊は間夫に小遣いを上げるために客から金を借りているらしいんです。若旦那は否定していましたが、金を無心されたんじゃないかとあっしは見ているんですが」

「金か」

「前々回のとき、そんな話をしたんです。糸菊に貸した金はみんな観音の政の懐《ふところ》に入ってしまうと言ったら、若旦那は暗い顔をしていましたからね」

「浪太郎は観音の政のことを知っていたのか」

「いえ、知らなかったようです」

「知らない？」

「はい。若旦那から糸菊に間夫がいるんじゃないかって聞かれ、はじめて観音の政の名を出したんです」

「前々回というといつだ？」

「最後に来た日のさらに二日前です。そのまま朝までおられました」

「つまり、三日前の朝か」

剣一郎は時間の経過を考えた。

その日、浪太郎は遊び人ふうの男と共に浅草奥山で観音の政と会っていたのを見られている。政が殺されたのは翌日の夜だ。

「二日前、浪太郎が来たのは夜見世がはじまったときだから暮六つ（午後六時）だな。すぐ引き上げたのか」

「はい、引き上げました」

「その日、観音の政がやって来ることになっていたのは確かなのか」

「はい。観音の政から文が届いていましたから」

「いつも観音の政は何刻ごろやって来ていたかわかるか」

「いつもなら暮六つをまわった頃には来ていました」

「………」

剣一郎は妙に思った。

二日前の夜、観音の政は文を出し、糸菊に会いに行くと約束した。だが、六つ半ごろ、観音の政は柳原の土手にいたのだ。

どうして、そんなところにいたのか。

「その日、糸菊はなかなかやって来ない間夫にいらだっていただろうな。糸菊の様子はわからないか」

「いえ、そこまでは」

「よし、わかった」

「へい」

若い衆は会釈《えしやく》してから、

「若旦那は糸菊の間夫が死んで喜んだでしょうが、肝心の糸菊があんなになっちゃったんじゃ、どうしようもありません。もし、若旦那に会うことがあったら、糸菊の様子をお伝えください」

「そうしよう。それにしても、浪太郎はすぐ会いに来ないのだろうか」

剣一郎は首を傾げた。

間夫が死んだのだ。勘当され金が無いとしても、糸菊が心配で会いにくるのではないか。それとも、間夫を亡くした糸菊の悲しみを慮《おもんぱか》っているのか。

剣一郎は『結城屋』を辞去し、吉原大門に向かう。昼見世のはじまる九つ（正午）が近付き、大門を入ってくる客が目立ってきた。

面番所に寄って先に帰った岡っ引きに挨拶をし、剣一郎と太助は大門を出て、衣紋坂を上がった。

「どうも、浪太郎の動きが気になる。なんとか浪太郎を探し出すのだ」

「へい」

剣一郎は日本堤の土手から馬道に向かい、駒形、蔵前を経《へ》て浅草御門までやって来た。

「浪太郎が今と同じような道順を辿《たど》ったとしたら、観音の政が殺された頃にここにやって来るな」

「そう言えば、自身番の者が浅草御門のそばにいた若い男がいっしょについてきたと言ってました。その男が浪太郎では？」

「考えられるが……」

浪太郎は観音の政殺しに関わっていないように思えるが、殺し屋に依頼したということは十分に考えられる。

剣一郎は高砂町の大工の甚五郎の家を訪れた。

甚五郎は昼飯を食いに家に戻っていた。

「青柳さま」

甚五郎は上がり框《かまち》まで出て来て、

「お伝えしようか迷っていたんですが、きのう、若旦那がいらっしゃいました」

と、切り出した。

「で、居場所は？」

「話してくれませんでした。いままで富沢町にいたが、これから別の場所に引っ越すことになったと挨拶にきたんです。何も心配いらないからと」

「富沢町にいたのは誰か知り合いがいたからか」

「聞いたことはありませんでした」

「浪太郎といっしょにいた遊び人ふうの男に心当たりはないか」

「いえ、まったく。若旦那がそんな男と付き合っていたとは信じられない思いです。もし付き合っているとしても、最近のことではないかと思います」

「最近か」

「あっ、そう言えば」

甚五郎は何かを思いだしたようだ。

「当たっているかどうかわかりませんが、この近くに昼間も店を開けている居酒屋があります。若旦那はときたま寄っていました」

甚五郎は思いだすように目を上に向け、

「確か、あのとき……」

と、切り出す。

「あっしが若旦那の愚痴《ぐち》を聞いてるとき、床几《しょうぎ》に座ってひとりで呑んでいる遊び人ふうの男がいました。その男がこっちの会話に聞き耳を立てていたようでした」

「どんな話をしていたんだ？」

「『戸倉屋』は弟に継がしたかったのだからと、少し荒れた感じでした」

「遊び人ふうの男は、浪太郎が『戸倉屋』の人間だとわかったようか」

「しっかり聞こえていたはずです。ですが、その男が若旦那に近づいたかどうかはわかりません」

「その男の顔を覚えていないか」

「確か、二十七、八歳ぐらいで、色の浅黒い、いかつい顔をしていました」

「その居酒屋はどこだ？」

「町木戸の近くです」

「よし、わかった。邪魔をした」

剣一郎は甚五郎の家を出て、町木戸に向かった。

その近くに玉暖簾《たまのれん》の居酒屋があった。剣一郎と太助は中に入ったが、昼時で混雑していた。

「先に富沢町の長屋を当たってみよう。二十七、八歳の色の浅黒い、いかつい顔をした遊び人ふうの男が住んでいないか、自身番にきいてみよう」

「わかりやした」

剣一郎と太助は富沢町に行き、自身番に寄り、詰めている家主に、遊び人ふうの男の特徴を言い、心当たりを訊ねた。

ここに詰めている家主は首を横に振った。

自身番を出て、向かいの木戸番屋に向かった。荒物の他に焼き芋《いも》を売っている木戸番の男に、同じ質問をした。

すると木戸番の番太郎は、

「稲荷長屋にそんな感じの男がいます」

と、あっさり教えてくれた。

「稲荷長屋か」

「へい。浜町堀に近いほうです」

「わかった」

剣一郎と太助は稲荷長屋に向かった。

その遊び人が浪太郎と親しくしているかどうかわからないが、確かめておく必要はあった。

稲荷長屋の木戸をくぐり、ちょうど一番手前の家から出てきた年配の女に声をかけた。

「二十七、八歳の色の浅黒い、いかつい顔をした遊び人ふうの男が住んでいると聞いたのだが?」

深編笠のまま剣一郎がきくと、長屋の女房はすぐに、

「音松さんですね」

と、答えた。

「音松というのか。で、家はどこだね」

「もういませんよ」

「いない?」

剣一郎はきき返す。

「きのう、出て行きました」

「何かあったのか」

「さあ」

「音松のところに若い男がいなかったか」

「おりました」

「いたか。名前を知っているか」

「いえ、ほとんど顔を合わせませんでしたから」

「その男もいっしょに出て行ったのだな」

「はい」

「どこに行ったかわからないか」

「わかりません。大家さんが知っているかもしれません」

「わかった。大家にきいてみよう」

「大家さん、そこの裏口から呼べば聞こえますよ」

そう言い、女房は大家の家の裏口に向かった。

そこで中に向かって呼び掛けている。

しばらくして小柄な年寄りが出てきた。

「音松さんのことで……」

女房が大家に説明している。

大家がこちらに顔を向けた。

剣一郎は深編笠をとって大家に近づいた。

「青柳さま」

大家があわてて会釈をする。

「青痣与力……」

女房も驚いて呟《つぶや》いた。

「驚かせてすまない」

剣一郎は女房に声をかけて、改めて大家に顔を向け、

「音松が引っ越して行ったのはほんとうか」

と、きいた。

「はい。きのう、引き払っていきました」

「急のことだったのか」

「二、三日前に話をきいて、すぐに」

「わけは？」

「弟といっしょに暮らすのでもう少し広い家を探したと言ってました」

「弟？　音松のところに居候《いそうろう》していた男のことか」

「そうです。わけあっていっしょに暮らすようになったと言ってました」

「いくつぐらいの男だ？」

「二十二、三歳でえらのはった顔をしてました。小肥《こぶと》りでした」

浪太郎に間違いないようだ。

「どこへ引っ越したかわかるか」

「深川だと言ってましたが、詳しい場所はわかりません」

「音松がここに住みはじめたのはいつからだ？」

「ふた月ほど前です」

「わずかふた月か」

剣一郎は首を傾げ、

「音松はどんな仕事をしていたのだ？」

「口入れ屋から仕事を世話してもらっていたようです」

「口入れ屋はどこかわかるか」

「へえ、町内にある『春日屋《かすがや》』です。ここに住むようになったのも『春日屋』の世話でした」

「ふた月の間、何も問題はなかったのか」

「はい。見かけによらずおとなしい暮らしぶりでした。店賃《たな》の滞納もありません」

「家の中の荷物はすべて運び出したのか」

「みな、置いて行きました。こっちで処分してくれというので。あまりたいしたものはありませんでしたが」

大家は苦笑した。

が、その笑みをすぐ引っ込めて、

「音松が何かしたのでしょうか」

と、真顔になってきいた。

「いや、その弟を探しているのだ」

「そうですか」

大家は少し不審そうな顔で、

「あの弟はいい着物を着ていました。いったい、どこの誰なんですかえ」

と、逆にきいた。

「家出人だ」

「家出人……」

「だいぶ参考になった」

剣一郎は礼を言い、稲荷長屋を引き上げた。

「口入れ屋の『春日屋』にきいてもたいしたことはわからないと思うが念のために音松のことをきいてきてくれ。戸倉屋の周辺を見張るのもよいかもしれぬ」

剣一郎は太助に命じた。

「わかりやした。行ってきます」

剣一郎は太助と別れ、小石川の多恵の実家に足を向けた。今夜が峠《とうげ》だと医者から言われたそうだ。

高四郎の旅立ちが迫っている。やりきれない思いで、剣一郎は本郷通りを急いでいた。

四

その日の夕方、浪太郎は久しぶりに吉原大門をくぐった。

観音の政の死に不可解なところがあったが、浪太郎には追及する力はなかった。その後、糸菊がどうしているか、気になった。

ただ、不思議なことに以前ほど糸菊への執着はなくなっていた。間夫の存在が浪太郎の気持ちを興《きょう》ざめさせている面もあるが、『風雅堂』の主人伝蔵の娘おつやの存在が大きいのかもしれない。

江戸町一丁目の町木戸をくぐった。空にはまだ明るさが残っている。夜見世のはじまりまでまだ間がある。

『結城屋』の前にやって来た。別に糸菊に会いたいわけではなく、ただ様子を知りたいだけだった。

張見世の中もまだ誰もいない。すががきとともに張見世の中に糸菊が出てくるだろう。どんな表情で出てくるのか。

まだ時間がある。一回りして戻って来ようとしたとき、店からいつも会う若い衆が出てきた。

浪太郎は若い衆を呼び止めた。

「なんでえ」

振り返った若い衆は、

「あっ、若旦那」

と、叫《さけ》んだ。

「きょうは揚がるつもりはないんだ。ちょっと糸菊の顔でも拝《おが》んでおこうと思ってね」

「ちょっと向こうへ」

若い衆は浪太郎の背中を押すようにして『結城屋』から離れた場所に連れて行った。

「いったい、どうしたんだね」

浪太郎は眉根《まゆね》を寄せてきく。

「若旦那、糸菊はもうだめですぜ」

いきなり、若い衆が言う。

「だめ？　だめってどういうことだね」

浪太郎の胸が騒いだ。

「正気を失っているんですよ」

「…………」

「間夫が死んでからまったくものを食ってねえ。ずいぶん痩《や》せちまって……」

「ほんとうなのか」

「ええ。ほんとうですよ。可哀《かわい》そうに……」

「会えないか」

「無理ですよ。会っても、相手が誰かわからないんですから」

「そんなに観音の政のことを……」

ふと、嫉妬が沸《わ》き起こった。観音の政への怒りと同時に、あんな女たらしの男に命まで賭《か》けて思いを寄せていた糸菊にも無性に腹が立った。

「これから糸菊はどうなるのだ？」

「『結城屋』の主人はかんかんですよ。糸菊は稼ぎ頭《がしら》でしたし。観音の政のために、糸菊はお店からも借金をしていましたからね。これからの稼ぎもふい、借金もそのまま。もし、糸菊の心の病が治らないと見切れば、どこかの女郎屋に売り払って追い出すでしょうね」

「追い出す？」

「可哀そうですが、それしかないでしょう」

「…………」

「おっといけねえ、店に戻らないと。青痣与力から糸菊の病のことはまだきいていなかったんですかえ」

「青痣与力……」

「おや、そうですか。まだ、きいていなかったんですね」

「どうして、青柳さまが？」

「観音の政との縁で糸菊に会いにきたんですよ。そのとき、若旦那のことをきいていましたぜ」

「…………」

「若旦那から糸菊に間夫がいるんじゃないかってきかれ、はじめて観音の政の名を出したという話を……」

若い衆は青痣与力とのやりとりを話したあと、

「じゃあ、あっしは戻らなきゃならないんで」

と言い、あわてて店に戻って行った。

浪太郎は改めて観音の政とのことを考えた。

政に会いに行こうと言ったのは音松だ。浅草奥山で浪太郎と音松は観音の政に会った。

そのとき、観音の政は、糸菊に五両必要だと話したことを認めた。糸菊はばかな若旦那から出させると答えたと言った。

その上で、早く糸菊に五両持って行けと、政は浪太郎に言ったのだ。浪太郎はそんな傲岸《ごうがん》な態度に怒りを覚えた。

その様子を、音松は見ていた。

観音の政が殺されたのは翌日の夕方から夜にかけてだ。今度は、疑惑が沸き起こった。音松が殺し屋を頼んだのではないか……。

だが、すぐ、音松がそこまでする理由がないことに気づく。浪太郎の怒りを自分のことのように感じたとしても、殺す理由としては弱い。

浪太郎のために糸菊を観音の政から奪い返そうとしたのだろうか。そうだとしても、音松がそこまでする理由がわからない。

そんなことを考えながら、浪太郎は歩いて霊岸島まで帰った。北風が吹きすさぶ寒い夜だった。

一刻（二時間）後、浪太郎は『風雅堂』の二階の小部屋に戻った。風が強く、雨戸がかたかた鳴っていた。

部屋に落ち着いた頃、梯子段を上がる足音がした。

「浪太郎さん、お帰り？　今いいかしら」

おつやの声がした。

「どうぞ」

浪太郎が応じると、障子が開いておつやが入ってきた。夜なのに化粧をして、ますます妖艶《ようえん》な感じだった。

「遅かったのね」

おつやが少し詰《なじ》るように言う。

「ちょっと」

浪太郎は言葉を濁《にご》す。

「浪太郎さんと夕餉《ゆうげ》をいっしょにとろうと思っていたのよ」

「それはすみません」

浪太郎は素直に謝る。

「ねえ、お酒、呑む？」

「ええ」

夕餉をとっていないことを思いだした。あまりに考えこんでいて、食べる気が起きなかったのだ。

「じゃあ、ちょっと待っててね」

おつやは楽しそうに階下に行った。

しばらくして、おつやがチロリと湯呑みをふたつ、それに肴《さかな》を持ってきた。

チロリから燗のついた酒をふたつの湯呑みに注ぎ、おつやはひとつを浪太郎に寄越した。そのとき、おつやの白い指が浪太郎の指に触れた。そのとき、おつやが微《かす》かに笑ったような気がした。

酒を呑みだしてから、

「浪太郎さん、『戸倉屋』の若旦那なんですってね」

と、おつやがきいた。

「音松さんから？」

そのことは黙っていると言っていたのにと、浪太郎は音松を不快に思った。当然、勘当されたことまで話しているのに違いない。

「ごめんなさいね。私が無理に訊き出したの。だって、浪太郎さんのこと、もっと知りたかったから」

そう言い、おつやは恥《は》じらうように顔を伏せた。

「私のことなんて知ったって……」

浪太郎は心を弾ませて言う。

「知りたいわ。でも、話を聞いて、よけいに浪太郎さんが可哀そうになって。だって、父親は弟のほうを可愛がって、跡継ぎも浪太郎さんではなく……」

傷口に塩を塗《ぬ》られたように胸が激しく痛み、浪太郎は思わず呻《うめ》いた。

「ごめんなさい」

おつやが驚いて言う。

「いいんです。ちょっといやなことを思いだしただけですから」

「でも、とても苦しそうな顔」

「…………」

「ひどいひとたちだわ。浪太郎さんの父親だから悪くは言いたくないけど、あんまりな仕打ちだわ。わざと奉公人の前で浪太郎さんが弟より劣《おと》っているように見せているんでしょう」

おつやが憤慨《ふんがい》した。

「いや、事実なんだ。弟のほうが私より出来がいいんだ」

「音松さんはそうは言ってなかったわ。父親や親戚の者が浪太郎さんに弟より劣っていると信じ込ませてきたんだって」

「いや、そんなことはない。ほんとうに……」

「でも、お店は長男の浪太郎さんが継ぐのは当たり前でしょう。それなのに、追い出しにかかるなんて……。今頃、『戸倉屋』じゃ、祝い酒を呑んでいるんじゃないかしら」

「……………」

「でも、いくら弟が可愛いからといって、実の息子を追い出すことはふつう出来ないわ。私が思うに、弟の考えね」

「浪二郎の？」

浪太郎は聞き咎《とが》めた。

「弟は浪二郎というのね。そうだわ、浪二郎さんは父親に泣きついたんだわ。兄貴がいるとやりにくいから、追い出してくれないかって」

「まさか」

浪太郎はさすがにそれはないと言おうとしたが、いきなりおつやが膝《ひざ》を進めてきて、浪太郎の手をとった。

「浪太郎さん、私がついているわ」

「おつやさん」

おつやが浪太郎の胸に顔を埋《うず》めた。

「もし、私でよければ、浪太郎さんを慰めてあげるわ」

そう言い、おつやは顔を上げ、色っぽい目を向けた。

「おつやさん」

思わず、浪太郎はおつやの肩を抱き寄せていた。

五

その頃、剣一郎は小石川の湯浅家の高四郎の臥《ふ》せっている部屋にいた。

微かに澱《よど》んだ臭いが鼻を突く。死臭のような気がした。高四郎は眉根を寄せて苦しそうな呼吸をしている。

庭で何かが転がる音がした。風が強い。このようなとき、剣一郎も市中の見廻りに加わるのだが、前回ほどの強風ではなかったこともあり、高四郎の病床に居続けた。

医者から、今夜が峠と言われていたのだ。

だが、夜半を過ぎ、まるで奇跡が起きたかのように高四郎の呼吸が落ち着いてきた。医者も目を見張って、

「もの凄い生命力です」

と、呟いた。

多恵が安堵《あんど》のため息をもらした。

「どうか、みなさま、お休みくださいさい。私が見守っております」

文七が多恵や義父母に言う。

「文七こそ、お休みなさい。ほとんど眠っていないのではありませんか」

多恵が文七に言う。

「私は大丈夫です」

文七は剣一郎にも顔を向け、

「青柳さまもどうぞ」

「いや、わしも付き添う」

「いえ、大切なお役目もございましょうから。じつは、高四郎さまから仰《おお》せつかっております」

「高四郎から？」

「はい。義兄上《あにうえ》は江戸の人々を守るという大切なお役目がある。私がいよいよというとき、私に付きっ切りになってお役目に差し支《つか》えては江戸の人々に申し訳が立たない。私のことを気にかけず、お役目第一にと」

「高四郎がそのようなことを」

剣一郎は胸が熱くなった。

「はい。義兄上は私だけの義兄上ではない。江戸の人々の青痣与力だと。それが自分の誇りだと仰っておいででした」

高四郎の言葉に剣一郎は胸がいっぱいになった。

「おまえさま、どうぞお屋敷に戻ってお休みください」

多恵も勧めた。

「高四郎の望みでもあります」

高四郎は今は小康《しょうこう》を保っていた。だが、いつ何時、急変するかもしれない。

剣一郎は迷ったが、

「義兄上、私は大丈夫ですよ」

という声が聞こえたような気がした。

「わかった。では、そうさせてもらおう」

剣一郎は素直に従い、

「文七、頼んだ」

と、声をかけた。

「はい」

疲労の浮き出た顔を向け、文七は答えた。もう何日も、文七はこの部屋に泊り込んでいるのだ。

剣一郎は高四郎の顔を覗き込み、

「また、来る。待っておれ」

と、声をかけた。

その夜は駕籠《かご》で八丁堀の組屋敷に帰った。その頃には風も治まっていた。

翌朝、剣一郎は四つ（午前十時）に奉行所に出仕した。

多恵が実家に泊り込んでいる間、伜剣之助《せがれけんのすけ》の嫁志乃《しの》が多恵の代わりに家政を見ていた。

与力部屋に行くと、風烈廻り同心の礒島源太郎から昨夜の見廻りの報告を受けた。

「昨夜の風も短時間で治まりましたゆえ、何事もありませんでした」

「ごくろうであった」

「じつは、ちょっと気になることが」

源太郎がやや声をひそめた。

「昨夜、池之端仲町《いけのはたなかちょう》にある足袋《たび》問屋『三国屋《みくにや》』の前に差しかかったとき、怪しい人影が路地を入って行くのを見ました。あとをつけたところ、『三国屋』の裏口に入って行きました」

「男か」

「はい。武士でした」

「武士？」

「確かなことは言えないのですが、以前に見かけたことがある火盗改の同心だったような気がしました」

「火盗改だと？」

剣一郎ははっとした。

「はい。『三国屋』を訪れ、確かめようとしたのですが、もし火盗改だとしたら役儀の邪魔をすることになると思い、とりあえず少し離れた場所で様子を窺《うかが》っていました。四半刻（三十分）経《た》って何事もないのでそのまま引き上げました」

「火盗改は『三国屋』を張っているのか」

鬼夜叉が次に狙うのは『三国屋』だと、時蔵が自白をしたのだろうか。

「そうだと思います。私たちは気づきませんでしたが、周辺に火盗改の連中が潜《ひそ》んでいたのかもしれません」

「鬼夜叉の狙いは『三国屋』だとおもったのか。よく、見つけてくれた」

剣一郎は源太郎を讃《たた》え、

「あとで『三国屋』に行ってみる」

「はっ」

源太郎は下がった。

剣一郎は宇野清左衛門のところに行き、源太郎から聞いた話をした。

「では、鬼夜叉の狙いを『三国屋』と見ているのか」

清左衛門も意外そうにきいた。

「そうではないかと思われます。しかし、時蔵を拷問して自白させたことが正しいかどうかいささか疑問であります」

剣一郎はさらに続ける。

「仮に、次の狙いが『三国屋』だったとしても、時蔵が捕まった時点で狙いを変えるはずです」

「そうよな」

「これから『三国屋』に行き、火盗改の与力どのに会ってきます」

「うむ。なれど、火盗改の面子を潰すようなことにならぬか」

「確かに面子の問題はあります。ただ、火盗改が『三国屋』を見張っている間に、鬼夜叉に別の商家に押し込まれたほうが打撃は大きいのではないでしょうか」

「確かに、そのとおりだ。青柳どののお考えどおり、進められよ」

「はっ、ありがとうございます、では」

「待て」

清左衛門が呼び止めた。

「高四郎どのはいかがか」

「一時、危篤《きとく》に陥《おちい》りましたが、今はまた持ち直しています」

高四郎の容体《ようだい》を話した。

「そうか。高四郎どのはもっと生きたいのだ」

「はい」

高四郎は自分の亡きあとのことに気配りをしていたが、本能は生への執着があるのだ。こんなに早く生を断たれるのは悔しいと訴えているのかもしれない。

「では」

剣一郎は清左衛門の前から下がった。

剣一郎は深編笠に着流しで、池之端仲町の『三国屋』の前にやって来た。向かいにある小間物屋の二階の窓が少し開いている。あの部屋に、火盗改が詰めているような気がした。

剣一郎は『三国屋』の店先に立った。

近づいてきた手代ふうの男に、主人に会いたいと告げた。

「失礼でございますが、どちらさまでしょうか」

手代は笠の内を覗き込むようにきいた。

「南町のものだ」

「南町？　あっ」

手代はあわてて、

「少々お待ちください」

と、奥に引っ込んだ。

剣一郎はわざと店先に立った。小間物屋の二階の窓から火盗改が見ているはずだ。

しばらくして、主人が出てきた。細身の男だ。

「『三国屋』の主人でございます」

「わしは南町の青柳剣一郎だ」

笠を上げ、顔を見せる。

「青柳さま」

三国屋は畏《かしこ》まった。

「三国屋、正直に答えよ。火盗改が見張っているな」

「………」

「口止めされているのか」

「ええ」

三国屋は苦しそうに答える。

「この家の中にもいるのか」

「はい」

「よし。火盗改の与力どのに、青柳剣一郎が話がある。五条天神《ごじょうてんじん》の境内《けいだい》で待つと伝えてもらいたい」

「承《うけたまわ》りました」

三国屋が頭を下げた。

剣一郎は踵《きびす》を返し、三橋《みはし》を渡り、五条天神に向かった。

待つほどのこともなく、一度会ったことのある火盗改与力が後を追うようにやって来た。

社殿脇の木立《こだち》の中で、剣一郎は火盗改与力と向かい合った。

「昨夜、風烈廻りの同心に目をつけられたと思ったが、やはり青柳どのがしゃしゃり出てきたか」

火盗改与力は口元を歪《ゆが》め、

「奉行所は手を出さないという約束になっていたはず。よけいな真似はやめていただきたい」

「手を出すつもりはありません」

剣一郎は静かに言う。

「では、なぜ、我らに?」

「『三国屋』のことは、時蔵が自白をしたのですか」

「そうだ」

「鬼夜叉は時蔵が捕まったことを知っている。だとしたら、時蔵が口を割ることを考え、『三国屋』の押込みはやめるのではありませんか」

「そう思うか」

火盗改与力は含み笑いをし、

「時蔵は銀次と留蔵が話しているのを盗み聞きして、次の狙いが『三国屋』だと知ったのだ」

「盗み聞き？」

「ああ、だから、鬼夜叉は時蔵がそのことを知っているとは思ってもいないのだ」

「時蔵の自白は信じられるのですか」

「もちろんだ」

「拷問の末ですね」

「だからほんとうのことを喋《しやべ》ったのだ」

「拷問から逃《のが》れようと嘘《うそ》をついたとは考えられないのですか」

「それはない」

火盗改与力は自信を持っていた。

「押込みはいつでしょうか」

「わからぬが、そう先の話ではない。ときによっては、今夜ということもあり得る」

「どうやって侵入するとお考えですか」

「おそらく、訪問客を装って正面から押し入るのではないか。というのも、『三国屋』の奉公人を調べたが、不審な人間はいない。下男も女中も身元がはっきりしている。手引きするものがいない場合、これまでにも鬼夜叉は訪問客を装って潜り戸を開けさせているようだ」

「火盗改のどなたかも『三国屋』内に入り込んでいるのですね」

「そうだ。だから、万全だ。わかったら、もう『三国屋』に寄りつかないでもらいたい」

「もし、狙いが別にあったらどうなさいますか」

「狙う場所を変えるということか」

「いえ、最初から『三国屋』ではなかったかもしれないということです」

「あり得ぬ」

「時蔵の自白を信じるというのですね」

「そうだ」

「その自白が偽りだとはお考えになりませんか」

「もし偽りだったら、時蔵はさらなる責め苦を味わうことになるのだ。時蔵はそんなばかではない」

「時蔵に会わせていただけませぬか」

「その必要はない。では、失礼する」

火盗改与力は一切聞く耳を持たなかった。

時蔵は拷問から逃れるために、火盗改が喜ぶような自白をしたのではないか。

剣一郎はそう思えてならないのだ。

火盗改与力が引き上げたあと、剣一郎も五条天神の境内を出た。すると、上野《うえの》山下《やました》のほうからやって来た京之進と出合った。

「青柳さま」

京之進が駆け寄ってきた。

「こちらに何か」

京之進がきく。

「火盗改の件だ」

剣一郎はおおまかに説明してから、

「京之進のほうはどうだ?」

と、きいた。

京之進は観音の政殺しの探索に奔走《ほんそう》しているのだ。

「下手人らしい侍とすれ違った人間がいたのです。夜鷹を買いに柳原の土手へ行っていたという小商いの店の奉公人です。店が車坂町《くるまざかちよう》なので、今話を聞いてきたところです」

「どんな侍だ?」

「はい。編笠をかぶり、袴《はかま》を穿《は》いた侍だったそうです。足音もせず、ひとがいる気配もないのに、いきなり暗がりから侍が現われてすれ違ったので驚いたと言っていました」

「観音の政は袈裟懸けに斬られていたそうだな」

「はい、かなりの腕だと思われます」

昌平橋の袂《たもと》で待ち伏せて襲ってきた侍を思いだす。あの侍も気配を消して近づいてきた。

「その侍はどっちのほうに行ったのだ?」

「新《あたら》シ橋《ばし》のほうです」

「その侍がその後、どこに向かったか、見かけた人間を探してもらいたい」

「青柳さま、何か」

「一度、わしを襲った侍に似ているようなのだ」

「青柳さまを？」

「うむ。わしには心当たりのない侍だった」

「わかりました。その侍を見かけた人間を探してみます」

京之進はそう言い、来た道を戻って行った。


いったん奉行所に戻り、夕方に八丁堀の組屋敷に帰った。

志乃から来客の用件などを聞いたあと、剣一郎は夜になって小石川の多恵の実家に駆けつけた。

高四郎は仰向《あおむ》きで苦しそうに眉根を寄せて荒い呼吸をしていた。

「まだ、頑張っています」

多恵が痛ましげに言う。

危篤と言われてから三日経つ。いったん持ち直したといっても、よくなるわけではない。死期を先延ばししたに過ぎない。

剣一郎は枕元に座り、高四郎の顔を見つめ、

「高四郎、わしだ。わかるか」

高四郎の瞼《まぶた》が僅《わず》かに痙攣《けいれん》した。

「高四郎、そなたと出合えてわしも仕合《しあ》わせだった。そなたと付き合えて、楽しかった。礼を言うぞ」

義母が嗚咽《おえつ》を堪《こら》えているのがわかった。

「もっと生きていたかったろう。悔しかろう。だが、そなたの思いは残された者が引き継ぐ。だから、安心するのだ」

剣一郎は涙が込み上げてくるのを抑えながら、

「高四郎。よく、頑張った。もういい」

剣一郎は口にした。

「高四郎、これ以上頑張らずともよい。もう楽になれ」

「高四郎が笑いました」

多恵が叫んだ。

高四郎の眉間から苦痛の色が消え、口元に微笑《ほほえ》みが浮かんでいるようだった。

「高四郎」

剣一郎は高四郎の手を摑んで呼び掛けた。

多恵も文七も口々に呼んだ。

医者が高四郎の脈を診《み》、瞳孔《どうこう》を調べた。

「ご臨終《りんじゅう》にございます」

医者は静かに言い、その場から離れた。

「高四郎さま……兄上」

文七は嗚咽を漏らした。

だが、義父母も多恵も取り乱してはいなかった。

「高四郎、ゆっくり休め」

義父が声をかける。

剣一郎は庭に出た。

満天の星だった。凍《い》てついた空に冴《さ》え冴《ざ》えと光る星は、手を伸ばせば届きそうだった。

星に向かって、なぜ高四郎を連れて行ったのだと恨み言を口にした。

そのとき、星が流れた。定めだと言っているようだった。

剣一郎は胸の底から突き上げてくる悲しみと闘っていた。

第四章　覚悟

一

数日後、浪太郎は月代《さかやき》もそらず、不精髭《ぶしょうひげ》のまま、着流しで大伝馬町一丁目にやって来た。いかにも、遊び人の雰囲気を醸《かも》し出し、ついこの間までは若旦那《わかだんな》と呼ばれたことが嘘《うそ》のようだ。

浪太郎は立ち止まって『戸倉屋』の店先を見つめる。客の出入りも多く、繁《はん》盛《じょう》していることがよくわかる。

（俺がいなくても何も変わらねえ）

浪太郎は胸をかきむしりたくなった。

いや、俺がいなくなってかえってよくなっているのかもしれない。奉公人だっていきいきとしているようだ。

苦い思いしか蘇《よみがえ》ってこない。浪二郎はいつも一発で算盤《そろばん》の答えが合うのに、浪太郎は計算間違いが多く親父に叱《しか》られてばかりだった。冬の寒い夜、早々と浪二郎はふとんにもぐり込んだが、浪太郎は冷え冷えとした店で算盤を弾《はじ》いていた。間違えれば、そばで睨《にら》んでいる親父に怒鳴《どな》られた。

食事を抜かれたことも数えきれなかった。同じ兄弟でなぜ俺だけが、とずっと思っていたが、あるときから浪太郎は気づいた。浪二郎のほうが有能なのだ。顔立ちもずっとよく、俺より弟のほうが可愛《かわい》いに決まっている。

そう気づいてから、いつか俺は追い出されるのだという不安を抱《いだ》いていた。その不安は的中したのだ。

もう二度とこの家の敷居《しきい》を跨《また》ぐことはない。そう思って、引き上げようとしたとき、店から羽織《はおり》姿の浪二郎が出てきた。奉公人が見送る。浪二郎はすたすたと本町のほうに向かった。

すっかり『戸倉屋』の主人気取りだ。ほんとうなら、長男の俺が『戸倉屋』の主人になるはずだった。

親父が俺を追い出しにかかったのは浪二郎に跡《あと》を継《つ》がせたいためだろうが、あんな兄さんがいたんじゃ私がやりにくいと浪二郎も訴えたに違いない。

浪太郎は不快になって逃げるようにその場から離れた。こうなったら、落ちて落ちて、どこまでも落ちてやろう。おまえたちが追い出した浪太郎の成れの果てを見せてやる。

そう思わなければ胸が押しつぶされそうだった。

伊勢町堀に差しかかったとき、後ろから肩を叩《たた》かれた。

驚いて振り向くと、音松がにやつきながら、

「どうしてえ。『戸倉屋』が恋しくなったのか」

と、きいた。

「そうじゃねえ」

だんだん、浪太郎の口調も遊び人らしくなっていた。

「それならいいんだが……」

「どういうことだえ」

「現実を見てみな。『戸倉屋』はおめえのことなどすっかり忘れているようだ。それなのに、おめえのほうが『戸倉屋』を恋しく思っていたら、おめえが傷《きず》つくだけだからな」

音松は歩きながら言う。

「俺はもう『戸倉屋』の人間じゃねえ。だが、いつか、俺を虚仮《こけ》にした報《むく》いをあの連中に与えてやる」

浪太郎は吐き捨てる。

「そうだ、その意気だぜ。『戸倉屋』はおめえを見捨てたんだ。恨《うら》みこそあれ、懐《なつ》かしく思うなんてありえねえ。そうだろう」

「当たり前だ」

浪太郎は言い切ってから、

「でも、どうしてあんなところにいたんだえ」

と、訝《いぶか》ってきいた。

「たまたまだ」

「でも……」

「そんなことどうでもいいじゃねえか。それより、おめえ、おつやさんといい仲のようだな」

「えっ」

浪太郎はあわてて、

「誰がそんなことを？」

伝蔵にも気づかれていないはずだ。それなのに、どうしておつやとのことを知っているのかと、浪太郎は気になった。

「まさか、伝蔵さんが？」

伝蔵がふたりの仲に気づくことはあり得る。一階と二階に別々に暮らしているとはいえ、ひとつ屋根の下にいるのだ。

「なんとなくわかるものだ」

音松は笑いながら言い、

「ところで、そろそろ大きな仕事にかかろうと思うが、おめえもやるな」

と、確かめるようにきいた。

「もちろんだ。俺だって大きなことをしてみたい」

浪太郎は気負って言う。親父や浪二郎たちを見返してやるのだ。

「よし、じゃあ二、三日のうちにいっしょに働く仲間に引き合わせる」

「仲間？」

耳を疑った。

「仲間って、音松さんに仲間がいるのか」

「そうだ。大きな仕事をするには仲間が必要だからな」

「どんな仲間なんだ？」

「あとでわかる」

「いってえ、何をするんだ？」

「仲間に引き合わせたとき、話す」

「………」

「どうした、そんな怖い顔をして」

「なぜ、すぐ教えてくれないんだ。俺を信用していないのか」

浪太郎は食ってかかった。

「おいおい、往来で大きな声をだすな」

「まさか、危ない仕事じゃ……」

「危ない仕事？」

音松は鼻で笑い、

「そんなんじゃねえよ」

と、口元を歪《ゆが》めた。

思案橋《しあんばし》を渡ったところで、

「音松さん」

と、浪太郎は改まって声をかけた。

「なんだえ」

音松は薄気味悪そうに顔をしかめて見返した。

「観音の政のことを教えてくれ」

「教えろ？　何を教えるんだ」

「誰に殺されたんだ？」

「俺が知るわけがねえ」

音松は一笑《いっしょう》に付《ふ》す。

「そんなはずはねえ。観音の政に会いに行こうと言い出したのは音松さんだ。そして、殺されたのは奥山の楊弓場《ようきゅう》で会った次の日だ」

「おいおい、こんな人通りの中でする話じゃねえだろう」

音松が遮《さえぎ》った。

「ほんとうのことを教えてくれ」

音松は浪太郎の言葉を無視し、

「じゃあな。二、三日したら迎えに行くから」

と、葭町のほうに足を向けて去って行った。

まるでいまの話題から逃げたような気がした。浪太郎は心がざわついた。やはり、観音の政が殺されたことに音松は絡《から》んでいるような気がしてならない。

ただ、殺した理由がわからない。いつも考えることだが、観音の政を殺さねばならないわけが見当たらないのだ。俺のためだろうかと思っても、なぜ音松はそこまでするのかがわからない。

いつもこの考えは堂々巡りになる。


夕陽が射《さ》している中を、浪太郎は霊岸島の『風雅堂』に帰ってきた。予定よりだいぶ早く帰ったのは吉原に足を延ばさなかったからだ。

糸菊の病が気になって様子を見に行こうと思ったのだが、『戸倉屋』の繁盛している様子を見た衝撃のせいか、吉原までが遠く感じられたのだ。

店先に誰もいなかった。だが、この店に滅多《めった》に客がくることはない。こんなでよく生計《せいけい》が立つものだと不思議だった。

浪太郎が店の横の通路から奥に行き梯子《はしご》段を上がろうとすると、女の声が聞こえてきた。

「だめよ、まだ明るいじゃないの」

おつやの声だ。

「我慢できねえ」

伝蔵だ。

浪太郎は驚いた拍子《ひょうし》に壁に肘《ひじ》をぶつけた。大きな音がした。あわてて、梯子段を駆け上がった。

しばらくして、おつやがやって来た。

「浪太郎さん、開けるわよ」

障子《しょうじ》が開いて、おつやが入ってきた。

「お帰りなさい。早かったのね」

「ああ」

浪太郎は部屋の真ん中で茫然《ぼうぜん》と座っていた。まだ心ノ臓が激しく鳴っている。

さっきのおつやの声は只事《ただごと》ではないような気がした。

「どうしたの？　なんだか機嫌が悪そうね」

おつやは窺《うかが》うように浪太郎の顔を見る。

「そんなことはない」

浪太郎は強張《こわば》った声で言う。

「嘘」

おつやは浪太郎の前に回り込んで、

「顔を見せて」

と、両手を首に絡めてきた。

「何、怒っているの？」

おつやの顔が目の前にある。

「怒っちゃいねえ」

「ほんとうに？」

「ああ」

「じゃあ、笑って」

おつやは浪太郎の手をとって自分の胸に導いた。

「おつやさん、あんたは……」

浪太郎の口を塞《ふさ》ぐようにおつやは自分の口を近づけてきた。

あんたは伝蔵さんとどういう関係なんだときこうとしたのだ。だが、おつやはその質問をさせなかった。

おつやの胸をまさぐり、柔らかい唇《くちびる》の感触に我を忘れ、浪太郎はおつやを押し倒し、夢中で着物の裾《すそ》をかきわけて手を差し入れた。おつやが甘い悲鳴を上げた。

そのとき、障子が微《かす》かに開く音が聞こえた。伝蔵が見ているのだとわかった。浪太郎は獣《けもの》のようにおつやに覆《おお》い被《かぶ》さっていった。

四半刻（三十分）後、おつやが乱れた髪を直している。浪太郎の心はまだ乱れていた。伝蔵はずっと覗《のぞ》いていたのだ。

ふたりの関係を問い質《ただ》したかったが、浪太郎は勇気がなかった。

「どう、機嫌直った？」

髪を直し終え、おつやが妖艶《ようえん》な目を向けた。

伝蔵さんが見ていたと口に出かかったが、浪太郎は堪《こら》えた。口にすると、何かが壊れそうな気がした。

ここを出て行かなくてはならなくなるのは困る。おつやとの暮らしが今の浪太郎の支えになっていた。

おつやが部屋を出て行った。ふたりは父娘《おやこ》ではない。いったい、何者なのだ。おつやは何のために俺に肌を許したのか。

考えこんでいたら、いつの間にか部屋の中は暗くなっていた。

「浪太郎さん、入るわよ」

おつやが障子を開けた。

「まあ、暗いじゃないの」

おつやが急いで行灯《あんどん》に火を入れた。

「いま、夕餉《ゆうげ》の支度《したく》をするわね」

おつやが出て行った。

夕餉のあと、おつやがふとんを敷きにきた。

「ふとんぐらい、俺がやるからいい」

浪太郎は言う。

「いいのよ。浪太郎さんの部屋にやってくる口実なんだから」

おつやはいたずらっぽく笑った。

やはりおつやと伝蔵の関係が気になった。

「おつやさん」

確かめようと呼びかけたが、あとの言葉が続かなかった。

「なに？」

おつやが顔を向けた。

浪太郎はとっさに音松の名を口にした。

「音松さんと伝蔵さんはどういう間柄《あいだがら》なんでえ」

「どうして？」

「いや、ちょっと気になったんだ」

「仕事仲間でしょう」

「仕事仲間……」

音松は大きな仕事をする仲間に引き合わせると言った。伝蔵はその仲間のひとりなのか。しかし、単なる骨董《こっとう》屋の主人にしか見えないが……。いや、伝蔵は正体を隠しているのかもしれない。おつやとのこともそのひとつだ。

「何を考えているの？」

おつやがきいた。

「音松さんが大きな仕事をするらしい。どんな仕事かと思ってね」

話を逸《そ》らした。

「そう」

「おつやさんは知らないかえ」

「知らないわ」

おつやは首を横に振った。

「おつやさんは仲間のことを知っているのか」

「よく知らないわ」

「仲間に、侍《さむらい》はいるのか。腕の立つ侍だ」

「侍……」

「教えてくれ」

「いるわ」

「いるのか……」

浪太郎は黙りこくった。

「じゃあ、お休みなさい」

おつやが出て行くと、浪太郎の脳裏《のうり》にさまざまなことが蘇ってきた。『戸倉屋』のこと、観音の政のこと、そして伝蔵とおつやの関係に、大きな仕事の内容と仲間についてだ。

浪太郎はふとんに入っても天井を見つめながら、さらに考え込んでいる。

拍子木《ひょうしぎ》を打つ音が聞こえてきた。四つ（午後十時）に木戸番屋の番人が町内を見廻っているのだ。

浪太郎はなかなか寝つけなかった。考えることは多いが、伝蔵とおつやの関係がもっとも気になった。

「だめよ、まだ明るいじゃないの」

さきほどの鼻にかかったおつやの声には艶《つや》があった。伝蔵とは男と女の関係が想像された。

起き上がり、浪太郎は梯子段を下り、内庭に面している厠《かわや》に行った。そして、二階に戻るとき、梯子段を上がった振りをして忍び足で一階の奥の部屋に行った。

浪太郎ははっとして棒立ちになった。目の前の部屋から女の泣くような声が聞こえてきた。

おつやの声だ。我に返った浪太郎は襖《ふすま》を少し開け、隙間《すきま》から部屋の中を覗いた。白い裸身を膝《ひざ》に抱え、伝蔵が荒い息を吐いていた。

浪太郎はそっと梯子段を上がり、部屋に戻った。

ふとんに入ってもいま見た光景が脳裏に焼きついて離れなかった。なんども寝返りを打ち、まんじりともしない夜を明かした。

障子の外が明るくなっても、浪太郎は起き上がれなかった。

「おはよう」

いきなり障子が開いて、おつやが顔を出した。

「珍しいわね、寝坊なんて。さあ、起きましょう」

一日に浪太郎と伝蔵のふたりの男の相手をして、何もなかったように振《ふ》る舞《ま》う
おつやがおぞましく思えた。

浪太郎はいきなり立ち上がって、

「厠だ」

と言い、部屋を出た。

伝蔵とおつやは父娘ではない。ひょっとして夫婦かもしれない。ならば、伝蔵
はなぜおつやと浪太郎の仲を黙って見ているのか。

用を足して戻ると、ふとんを片づけて、おつやが待っていた。

「浪太郎さん」

「なんでえ」

「何か様子が変よ。何かあったの?」

「何もねえ」

「そんなことないわ。どうして、私の目をちゃんと見ようとしないの？」

「そんなことねえ」

「そう、わかったわ。今、朝餉の支度をするわね」

おつやは口元に笑みを湛《たた》えて部屋を出て行った。

浪太郎は着替え、梯子段を下りた。

「おや、お出かけかえ」

伝蔵が顔を出した。

「ちょっと音松さんのところに行ってくる」

「住まいを知っているのか」

伝蔵は妙なことをきいた。

「稲荷長屋じゃないのか」

「もう、あそこにはいねえよ。おまえさんがここにくるとき、あの男は長屋を引き払ったんだ」

「ほんとうか」

「聞いていなかったのか」

「ああ、聞いてねえ」

「そうか」

「どこにいるんですかえ。どうしても会いたいんです」

浪太郎は訴える。

「仕方ねえ。音松さんに使いを出し、ここに来てもらうようにする。それでいいか」

伝蔵の目が鈍《にぶ》く光った。

「ええ、お願いします」

「浪太郎さん、朝餉、ここでいっしょに食べましょうよ」

おつやが微笑《ほほえ》みながら出てきた。

「そうしようじゃねえか」

伝蔵も平然と言う。

伝蔵とおつやに見つめられ、浪太郎は背筋に冷たいものが走った。自分が何か得体の知れぬ闇《やみ》の中に引きずり込まれているような錯覚に陥《おちい》っていた。

二

昼前に、音松がやって来た。

「どうかしたのか、急用だってことだが」

二階の部屋に上がるなり、音松は言ってあぐらをかいた。

「ここじゃ、話しづらい。外に出よう」

浪太郎は腰を浮かせた。

「待て。ここでいい」

「だって」

「伝蔵さんに聞かれても問題はない」

「そうはいかねえ」

浪太郎は首を横に振る。

「どうしてだ?」

「伝蔵さんとおつやさんのことだからだ」

「…………」

音松はまじまじと浪太郎の顔を見つめていたが、急に口元を歪めた。

「そうかえ、気づいたのか」

音松の言葉に、浪太郎はかっと頭に血が上った。

「気づいたってどういうことなんだ？　なぜ、父娘だと嘘をついたんだ？」

「たいした理由はねえよ。ただ年が離れているから夫婦だと言うより父娘だと言ったほうがわかりやすいと思ってな」

音松は含み笑いをし、

「夫婦だと知っていたら、おつやさんに手を出さなかったっていうのかえ。娘だとしても、間借《まが》りしたそうそう家主の娘に手を出すってのはどうなんだ？」

「それは……」

おつやのほうから言い寄ってきたのだと言おうとしたが、浪太郎は声に出せなかった。おつやは浪太郎が誘ってきたと言うかもしれない。

「音松さん。もう、俺はここにいられねえ」

浪太郎は訴える。

「心配いらねえよ」

「えっ？」

「伝蔵さんのことは気にしなくていいってことだ。なにしろ、年の離れたおつやさんにぞっこんだ。不義密通《ふぎみっつう》だと騒いで、おつやさんを失うような真似《まね》はしやしねえ」

「不義密通……」

「そうだ。他人の女房と情を結んだんだ。だが、あの夫婦はおつやさんのほうが強い。おつやさんを味方につけておけば何も心配することはない」

「味方に？」

「そうだ。もし、おめえがおつやさんと別れようとしたら、おつやさんが怒ってどう出るか」

「そんな……」

「だから、なまじここを出て行こうなんて考えるな」

浪太郎は俯《うつむ》いた。

「話はそれだけか」

「いや」

浪太郎は顔を上げた。

「なんだ？」

「観音の政のことを教えてくれ」

「何を教えろって言うんだ？」

「なぜ、殺したんだ」

「………」

「仲間の侍に頼んで、観音の政を斬《き》り捨てたんだ。そうだろう、なぜだ？」

「仕方ねえ。話してやろう」

音松は開き直ったように言う。

浪太郎は緊張して待った。

「観音の政を斬ったのは三沢半兵衛《みさわはんべえ》という侍だ」

「なぜ？」

「知れたことよ。おめえのためだ」

「俺のためだって」

「そうだ、おめえが入れ揚げていた糸菊が観音の政に弄《もてあそ》ばれ、ぼろぼろにされようとしているんだ。おめえのためにも糸菊を助けようと思ったんだよ」

「………」

「わかったか。おめえのために観音の政を殺したんだ」

「観音の政が死んで、糸菊は生きる気力をなくして臥《ふ》せっているんだ」

浪太郎はやりきれないように言う。

「そうか。そんなに観音の政に夢中だったのか」

音松は蔑《さげす》むように吐き捨てた。

「でも」

浪太郎はかねてからの疑問を口にした。

「俺のために殺《や》ったというが、なぜ俺のためにそこまでするのだ？　ほんとうに俺のためなのか」

「そうだ、おめえは俺たちの仲間だからだ」

「どんな仲間なんだ？」

浪太郎は迫った。

「明日、仲間に引き合わせてからと思ったんだが……」

音松は顎《あご》を手のひらでこすってから、

「よし、これから、お頭《かしら》のところに案内しよう」

「お頭？」

浪太郎は心ノ臓の鼓動が速まった。

「さあ、行くぜ」

音松は立ち上がった。

階下に行き、音松は伝蔵に告《つ》げた。

「とっつあん、お頭のところに行ってくる」

「そうか。予定は明日の夜だったが、やむを得《え》まい」

伝蔵は頷《うなず》きながら言う。

「俺たちもあとから行く」

「わかった」

音松は言い、外に出た。

浪太郎はあとについた。

稲荷橋《いなりばし》を渡り、鉄砲洲《てつぽうず》稲荷の前を過ぎ、音松は明石町《あかしちよう》にやって来た。明石橋の近くに、居酒屋があった。昼間から営業しているようだ。

音松は暖簾《のれん》をくぐった。浪太郎も続く。

店はそこそこ客がいた。

板場からたすき掛けの男が出てきた。音松が何事か囁《ささや》く。

それから、板前の男は浪太郎の顔を見た。浪太郎は軽く会釈《えしやく》をする。

板前の男は板場の脇に招いた。音松はそこを素通りして裏口を出た。そこからほどなく二階家の前に着いた。裏口だ。

音松と浪太郎は裏口を入る。

若い男が出てきた。音松はまた何事か囁く。

そこでしばらく待たされた。若い男が戻ってきて、上がるように勧《すす》めた。

音松と浪太郎は板の間に上がり、若い男の案内で内庭に面した部屋に行った。

若い男が部屋を出て行き、音松と浪太郎のふたりだけになった。

「ずいぶん厳重じゃないか」

浪太郎が呆《あき》れたように言う。

「来た」

襖の外に足音がした。

襖が開いて、宗匠頭巾《そうしょうずきん》をかぶった大柄な男が現われた。

「お頭、どうしてもと言うので浪太郎さんを連れてきました」

音松が申し開きのように言う。

「おまえさんが浪太郎さんですか。会えてうれしく思いますよ」

言葉づかいは丁寧だが、重々しい声で、ひとを威圧するような風格があった。

「へい。よろしくお願いいたします」

「本来なら『戸倉屋』の跡を継ぐ身でありながら、勘当《かんどう》の憂《う》き目を見たそうですね。同情いたします」

「へえ」

「お頭、まだ仕事の内容は話していません」

音松は口をはさむ。

「そうですか。それはおいおい話しましょう」

お頭は静かな語り口調だった。

「明日の夜、ここに全員が集まります。そこで浪太郎さんをみなに引き合わせますが、今日は私だけで」

「へい」

「お頭」

また、音松が口をはさんだ。

「三沢さまはいらっしゃいますか。浪太郎さんが観音の政を斬った三沢さまにお礼を申したいそうなんです」

お礼だなんて誰が言ったんだと思ったが、否定出来る雰囲気ではなかった。

「では、あとで呼ぼう」

「へい」

「『戸倉屋』はずいぶん繁盛しているようですね」

お頭がきく。

「…………」

浪太郎は黙って頷いた。『戸倉屋』が繁盛しているのを認めたくなかった。そのことを察したように、お頭は、

「『戸倉屋』が繁盛しても、いまのおまえさんには関係ありませんね。いや、かえって不快かもしれない」

「へい」

「『戸倉屋』に恨みを晴らしたいと思ったことはありますか」

「恨みですか。いえ、そこまでは……」

「しかし、おまえさんを追い出した『戸倉屋』を面白《おもしろ》くは思っていないでしょう」

「それはそうですが……」

真綿《まわた》で首を絞《し》めてくるような威圧感に、浪太郎は息苦しくなった。その息苦し

さから逃《のが》れるように、

「いったい、大きな仕事とは」

と、きいた。

「音松、教えてやりなさい」

「へい」

音松は浪太郎に顔を向け、

「押込《おしこ》みだ」

「押込み？」

「げっ」

一瞬、意味がわからなかった。

「『戸倉屋』に押し込み、金を奪《うば》う」

浪太郎は奇妙な悲鳴を上げた。

「押込みって、あなた方は……」

「お頭は鬼夜叉と呼ばれている盗賊の頭だ」

「鬼夜叉」

浪太郎は唖然《あぜん》とした。

強風の吹き荒れた夜、『は組』の半纏《はんてん》をまとって『戸倉屋』に現われたのが鬼夜叉一味だったと、あとで聞いた。

「お頭は今まで一度も失敗したことはない。唯一の失敗が『戸倉屋』だ。だが、お頭はそのまま引き下がることはしない。必ず仕返しをする。だから、もう一度、『戸倉屋』に狙《ねら》いを定めたってわけだ」

「…………」

浪太郎は言葉が出せなかった。

「『戸倉屋』を再度狙うためにはおめえの手がどうしても必要なんだ」

音松は言い切った。

「押込みなんて、そんな大それたこと……」

浪太郎は声を震わせた。

「浪太郎さん。おまえさんは侵入の手助けをしてくだされぱいいんですよ。あとは私たちの出番です」

「…………」

「押し込むのは、おまえさんをさんざん虚仮にした『戸倉屋』ですよ。おまえさんにとっても仕返しをするいい機会ではありませんか」

鬼夜叉のお頭が言う。

「もちろん、おまえさんには一度手伝ってもらうだけです。手引きさえしてくればいい。おまえさんにも分け前をやろう。その金を元手に商売をするのもいい」

「浪太郎さん。こんなうまい話は滅多にないぜ」

音松が口をはさむ。

「ただ我々を手引きするだけで、憎《にく》い連中に仕返しをした上に大金が手にはいるんだ。もし、おめえがその気ならおつやさんといっしょになって何かをはじめるのもいい」

「でも、どうやって、手引きをするんですかえ」

「簡単なことだ。おめえが『戸倉屋』に入り込めばいい。夜、潜《くぐ》り戸を叩いて、体を壊して動けない、一晩だけ泊めてくれと泣きつくんだ。いくら勘当の身とはいえ、困っている実の倅《せがれ》を追い返せないはずだ」

鬼夜叉一味はすでに筋書きを作っていたようだ。

「でも、それなら俺が手引きしたことがわかってしまう」

「心配ない」

「どうしてですかえ?」

「おめえのことを知った人間はみな始末する」

落雷の轟音《ごうおん》が耳を襲ったような衝撃に、浪太郎はめまいがした。

「殺すのか」

「そうだ。殺す」

「そんな、殺しなんか……」

「おめえ、すでに観音の政を殺しているんだぜ」

音松が冷ややかに言った。

「俺じゃねえ」

「おめえの気持ちを慮《おもんぱか》って俺が三沢さまに頼んで斬ってもらったんだ。観音の政は、おめえが五両出すからと言うと、のこのこ柳原の土手まで俺についてきやがったぜ」

「俺はそんなこと頼んでない」

「今さら、逃げてもだめだ。俺は観音の政とは何の縁《えん》もゆかりもないんだ。観音の政と利害があるのはおめえだけだ」

「……」

「いいかえ。おめえに勘当されたんだ。もうまっとうな暮らしなんて望むべくもねえ。それとも何か、おめえの親父が勘当を解いてくれると思っているのか。そんなこと、ねえだろう」

音松はなだめるように、

「浪太郎さんよ、もうすっかり割り切らなければだめだ。新しい人間に生まれ変わって、面白おかしく生きていくんだ」

「音松の言うとおりだ。今度の押込みがおまえさんにとって新しい門出になるはずです」

鬼夜叉は鋭《するど》い眼光を向けて言った。

「お頭、三沢さまを」

音松が声をかける。

「よし」

鬼夜叉は手を叩いた。

手下の男が顔をだした。

「三沢さまを呼んでおくれ」

「へい」

手下が下がった。

ひと殺しの侍なんかと会いたくないと思ったが、待つほどのこともなく、大柄でがっしりした体で、鋭い顔つきの浪人がやって来た。

「御用《ごよう》か」

侍は鬼夜叉の近くに腰を下ろした。

「三沢さま。ここにいるのが例の浪太郎さんです」

音松が引き合わせ、

「観音の政を始末してくれた三沢半兵衛さまだ」

と、浪太郎に告《つ》げた。

「そなたの依頼で観音の政は一太刀《ひとたち》で仕留めた」

三沢半兵衛はまるで浪太郎が殺してくれと直《じか》に頼んだように言った。そのとき、浪太郎はすべて理解した。

浪太郎をがんじがらめにするために観音の政を斬ったのだと……。おつやのことも同じ狙いからだったのかもしれない。

浪太郎はもがいても逃れられない網《あみ》の中に捕らわれたことを悟らざるを得なかった。

三

高四郎の葬儀が終わり、剣一郎は胸に出来た空洞に北風が吹き込んできて耐えきれないような悲しみと闘っていた。

人前では毅然とした姿勢を崩《くず》しはしなかったが、こうしてひとり濡《ぬ》れ縁に出て夜空を見上げていると、高四郎の人懐《ひとなつ》こい笑顔が浮かんでくる。

「おまえさま」

多恵が呼んだ。

「寒くはありませんか。もう四半刻（三十分）にもなりますよ」

「だいじょうぶだ」

剣一郎は答える。

「ありがとうございます」

多恵がいきなり言った。

「何がだ？」

剣一郎は戸惑《とまど》って訊《たず》ねる。

「高四郎のために泣いてくださって」

多恵が剣一郎の横に腰を下ろした。

「わしは泣いてなどいない」

剣一郎は涙を堪《こら》えて言う。

「高四郎は仕合《しあ》わせ者です」

「ひとの定めとは不思議なものだ。まるで、高四郎は文七を引き出すために自らの身を捧《ささ》げたような気がしてならない」

「ほんとうに」

「義母上《ははうえ》も、文七を温かく迎えてくれてほっとしている」

「父と母も、文七のおかげでずいぶん救われたと思います。ふたりとも気丈《きじょう》に振る舞っていましたが、ほんとうは悲嘆《ひたん》に暮れています」

「うむ」

逆縁のために、義父母は葬送の列に加わらず、屋敷の外で見送った。ふたりとも毅然とした態度であったが、あのあと屋敷に入って思い切り泣いたのではないだろうか。

「文七もよくここに顔を出していましたね」

多恵が思いだして言った。

「うむ。決して部屋に上がろうとしなかった。分を弁《わきま》え、律儀《りちぎ》な人間だ。きっと、義父母《ふたり》を大切にし、湯浅家を立派に守っていくだろう」

「はい」

「そなたが看病で屋敷を空《あ》けている間、志乃がよくやってくれた。そなたからも褒《ほ》めてやるとよい」

「はい。ほんとうによい嫁《よめ》が参りました」

「あとは文七だな」

「はい。父はさっそく朋輩《ほうばい》や上役にも当たると言っていました。そのことに一所懸命になれば、悲しみも和《やわ》らぐかもしれません」

多恵も微笑んだ。

「誰だ、太助か」

ひとの気配に、剣一郎は声をかけた。

庭の暗がりから猫の鳴き声がした。

「あら、猫がもぐり込んだのでしょうか」

多恵が暗がりに目をやった。

「太助だ」

「太助さん？」

多恵が不思議そうにきいた。

「太助、遠慮するな」

剣一郎が声をかける。

「へい」

音もなく、太助が近づいてきた。

「すみません。お邪魔かと思いまして」

太助は庭先にやって来た。

「上がれ」

剣一郎は立ち上がって言う。

「いえ、ここで」

「わしが寒くなった」

「へえ」

太助は素直に濡れ縁に上がった。

部屋で差し向かいになって、太助が切り出した。

「青柳さまの思った通りでした」

太助はしてやったりの顔で話した。

「きのう、『戸倉屋』の周辺を見張っていたところ、二十七、八歳ぐらいの、色の浅黒い、いかつい顔の男がやって来ました。特徴が似ていたので、音松ではないかと思い、あとをつけました。すると、音松らしき男は月代が伸び、不精髭を生やした若い男に声をかけ、いっしょに伊勢町堀に向かいました」

太助は声に弾《はず》みをつけて、

「不精髭の男は、えらのはった顔と年格好《としかっこう》から、浪太郎だと思われます。途中、ふたりは別れたので、浪太郎らしき男のあとをつけました」

「住まいはわかったのか」

「はい。霊岸島の大川端町にある『風雅堂』という小さな骨董屋の二階に住んでいます。それから、きょうの昼前、『風雅堂』に音松がやって来て、浪太郎といっしょに出かけて行きました」

太助は息継ぎをし、

「ふたりは明石町の明石橋の袂《たもと》にある居酒屋に入っていきました。ところがなかなか出てこないので、店を覗いたらいませんでした。裏口から抜け出たのかと思ったのですが、店の人間が仲間だと拙《まず》いので確かめませんでした。というのも、尾行に気づかれてはいないはずなんです。それなのに、そんな真似をするとは思えません」

「うむ。それでよい。焦《あせ》りは禁物《きんもつ》だ。浪太郎の住まいを見つけだせたのは上出来だ」

剣一郎は太助を讃《たた》えた。

剣一郎はかねてから不思議に思っていたのは昌平橋で待ち伏せていた編笠《あみがさ》の侍のことだった。あの侍は、青痣《あおあざ》与力と吐き捨て、斬り掛かってきた。かなりの腕の持ち主だった。襲われる理由はわからなかった。だが、考えられるのは鬼夜叉一味の押込みを阻止したことだけだ。

剣一郎が『は組』の半纏を着たふたりの男に疑いを持って『戸倉屋』を訪ねたことで鬼夜叉の押込みを未然に防いだ。

鬼夜叉が報復《ほうふく》のために襲ってきたのではないか。そう考えた根拠のひとつに、鬼夜叉一味に凄腕《すごうで》の侍がいるという事実だ。

鬼夜叉はその侍を使って剣一郎に仕返しをしようとしたのではないか。だが、妙なことに襲撃は一度だけで、あれきり襲ってこない。

そのことが不思議だった。

そんなときに、観音の政が一太刀で殺された。斬ったのはかなりの腕の持ち主で、京之進の聞き込みから、剣一郎を襲った編笠の侍のように思えた。

もちろん、昌平橋で待ち伏せていた編笠の侍と、観音の政を斬った編笠の侍が同一人物だという確たる証《あかし》はなかったが、観音の政が吉原の花魁《おいらん》糸菊を介して『戸倉屋』の浪太郎と関わりがあることを知ってから、剣一郎はある考えに思い至ったのだ。

鬼夜叉はもう一度、『戸倉屋』を狙っているのではないか。

大工の甚五郎が覚えていた居酒屋の男が音松といい、浪太郎といっしょにいることから、音松は鬼夜叉の仲間で、鬼夜叉は浪太郎を利用して『戸倉屋』に押し込む企《くわだ》てではないかと考えたのだ。

そこで、太助に『戸倉屋』を見張らせていた。

「正体を悟られないように、浪太郎に近づくのだ。なんでもいい、近付きになるだけでいい」

「へい、わかりました」

「明日、わしもさりげなく霊岸島と明石町に行ってみる」

「へい」

「飯はまだだろう」

「いえ、いつも馳走《ちそう》になっては……」

「遠慮するな」

剣一郎は手を叩き、多恵を呼んだ。

「太助に飯を」

「はい。太助さん、どうぞ」

「いいんですかえ」

太助はうれしそうに立ち上がった。

剣一郎はひとりになって、改めて鬼夜叉のことを考えた。

最初からもう一度、『戸倉屋』に押し込む考えではなかったろう。だから、剣一郎に仕返しの襲撃をしてきたのだ。

だが、たまたま音松が浪太郎を知ったことで、『戸倉屋』に押し込むことにしたのだ。それこそ、鬼夜叉の誇りを保つことが出来る。青痣与力への意趣返《いしゅがえ》しにもなる。そう考え、剣一郎への襲撃をやめたのであろう。

しかし、今まで考えたことは、あくまでも剣一郎が推《お》し量《はか》ったことであり、明確な証があるわけではなかった。

このままではまだ奉行所を動かせない。太助が見た男もほんとうに音松と浪太郎だったか確かめる必要があった。

翌日、剣一郎は深編笠に着流しで、まず明石橋の袂にある居酒屋の前を素通りした。

太助の言うように、尾行者を撒《ま》くためならともかく、無関係な居酒屋の裏口から出て行ったとは考えられない。

そう考えると、この居酒屋の二階に上がったか、あるいは裏口を出て、目的の場所に行ったか。

不用意に裏口にまわると、敵に感づかれる恐れがある。ここは慎重にいかねばならなかった。

剣一郎は明石町を出て、鉄砲洲稲荷の前を通って稲荷橋を渡り、やがて霊岸島の大川端町に着いた。

かなたに骨董屋の『風雅堂』が見えてきた。店の前を通るとき、中を覗くと、年寄りが店番をしていた。

二階に目をやるが、窓が閉まっていて人影は見えなかった。

行き過ぎてからさりげなく振り返ると、遊び人ふうの男が『風雅堂』の店先に立った。客とは思えない。

男はすぐ出てきた。剣一郎が今来た道を戻って行く。剣一郎は踵《きびす》を返し、男のあとをつける。

男はまっすぐ前を向いて歩いている。稲荷橋を渡り、鉄砲洲稲荷の前を行き過ぎる。やがて明石町に入っていった。

男は明石橋の手前で立ち止まって振り返った。剣一郎はその前に素早く路地に身を隠していた。

男は橋を渡らず、姿が見えなくなった。剣一郎は路地から出て明石橋に向かう。

やはり、居酒屋に入ったのだと思った。

さっきの男は使いだ。剣一郎はそのまま橋を渡り、武家地に入り、大廻りして大伝馬町一丁目にやって来た。『戸倉屋』に近づくと、太助がさりげなく並んだ。

「明石橋袂の居酒屋から骨董屋に使いと思われる男がやって来た。今夜、骨董屋から誰かが居酒屋に向かうかもしれない」

「わかりました」

そう言い、太助は離れて行った。

鬼夜叉の仲間が見張っていることも考え、剣一郎は辺《あた》りに目を配りながら『戸倉屋』の前を素通りした。

剣一郎はそのまま浜町堀に向かい、高砂町に入った。

大工の甚五郎の家を訪れた。

幸い、甚五郎は家にいた。

「青柳さま」

「頼みがある」

「なんでしょう、きょうは昼過ぎに普請場《ふしんば》に出るつもりですが」

「じつは、『戸倉屋』の浪右衛門をここに呼んでもらいたい。ただし、わしからだということは他の誰にも悟られてはならぬ」

「何かございましたので？」

甚五郎は緊張してきいた。

「浪右衛門が来たら話す。今話して『戸倉屋』で自然に振る舞えなくなったら困るのでな」

「わかりました」

甚五郎は奥に行き、羽織を引っかけて出かけて行った。

「どうぞ、こちらをお使いください」

妻女が客間に通してくれた。

四半刻（三十分）後に、浪右衛門と甚五郎がやって来た。

「ごくろう」

剣一郎はふたりに声をかけ、

「まだ、確たる証があってのことではない。だが、用心に越したことはないので、話しておく」

と、前置きを言って本題に入った。

「鬼夜叉が『戸倉屋』を狙っている節《ふし》がある」

「いま、なんと」

浪右衛門が顔色を変えた。

「鬼夜叉が『戸倉屋』を狙っているのだ」

「青柳さま、それはまことで」

甚五郎も声をうわずらせた。

「さっきも申したように確たる証があってのことではない。だが、それらしき兆候がある」

「………………」

浪右衛門が息を呑《の》むのがわかった。

「浪右衛門、驚くな。浪太郎が鬼夜叉一味といっしょにいるようなのだ」

「なんですって」

浪右衛門が悲鳴のような声をだした。

「まさか若旦那に限って」

甚五郎の顔も青ざめていた。

「浪太郎に近づいた音松は鬼夜叉一味と思われる」

「浪太郎は押込みの仲間に……」

浪右衛門が畳に手をついて、

「なんてことだ。なんでこんなことになってしまったんだ」

と、苦しそうな声で呻《うめ》いた。

「落ち着くのだ」

剣一郎は浪右衛門を叱咤《しった》し、

「まだ、浪太郎が本心から仲間に入ったかどうかわからぬ。浪太郎を救い出せる。『戸倉屋』の押込みが鍵《かぎ》だ」

「と、おっしゃいますと？」

甚五郎がすがるようにきく。

「浪太郎の役目は鬼夜叉一味を引き入れることだろう。そのためには何らかの手立てで、家の中に入り込もう。そこで、浪太郎を説《と》き伏せる」

「出来ましょうか」

浪右衛門が不安そうにきく。

「やるしかない。もし、出来なければ……」

剣一郎はあとの言葉を呑んだ。

改心せずそのままであれば、鬼夜叉一味として捕えざるを得ない。

首尾よく金を奪った鬼夜叉は仕事を終えたあと、浪太郎を始末するのではないか。利用だけして、足手まといになる浪太郎をあっさり見放す。

浪太郎を助け、鬼夜叉一味を捕えるにはそれしかない。

「数日のうちに、浪太郎は『戸倉屋』を訪れるはずだ。そのときは、すぐに甚五郎に知らせるのだ。甚五郎からわしに連絡を」

「わかりました」

ふたりは同時に答えた。

剣一郎はいよいよ鬼夜叉との対決が迫っていることをひしひしと感じ取っていた。

四

浪太郎は夢の中にいるようで、現実のことという実感がなかった。鬼夜叉という残忍《ざんにん》な盗賊の仲間になって、あろうことか『戸倉屋』に押し込むという。その手引きをするのが浪太郎だ。

鬼夜叉は姿を見た人間は容赦《ようしゃ》なく殺すという。もし、自分が手引きをすれば、親父もお袋も、そして浪二郎も殺されるだろう。

俺を嫌った人間だ。殺されてもいい気味だと思うだけだ。そう思いながら、胸が疼《うず》く。

夕方になって、音松がやって来た。

「俺は先に行っているが、場所はわかるな。明石橋袂の居酒屋だ」

「わかる」

「今度の仕事がうまくいくかどうか、すべておめえにかかっている、お頭も期待しているからな」

「…………」

「どうした、怖いのか」

「怖くなんかねえ」

「強がんなくていい。誰だって最初はそんなもんさ。じゃあ、先に行ってるからな」

そう言い、音松は部屋を出て梯子段を下りて行った。

しばらくして、おつやが上がってきた。だが、敷居《しきい》の前に立ったまま、入ってこようとしない。

「どうしたんでえ」

浪太郎はきいた。

「なんでもないよ」

そう言い、部屋に入ってきた。

「なんだか元気がないようだけど」

浪太郎はいつもと違うおつやに不審を持った。

「今度の仕事が終わったら、あんたと会えなくなるのかと思うと……」

おつやがしんみり言う。

「まさか、あんたと伝蔵さんが夫婦だとは思わなかった。知っていたら、あんな真似はしなかったのに」

浪太郎はおつやを詰《なじ》るように言った。

「なんで、俺を騙《だま》したんだ？」

「そんな言い方、しないで頂戴《ちょうだい》」

「じゃあ、なんて言えばいいんだ？　他人の女房なのに身を捧げてくれてありがとうと言って欲しいのか」

浪太郎はやり切れずに言う。

「言い出せなかったのよ」

「それにしても大胆過ぎるぜ。亭主が階下にいるってのに、二階で懇《ねんご》ろになって……」

「…………」

「どうして、伝蔵さんのかみさんに？」

「孤児《みなしご》だったから、食べて行くためには仕方なかったのよ」

「伝蔵さんも鬼夜叉の仲間か」

「そうね」

おつやはため息をついて、

「ねえ、いっしょにどこか逃げようか」

と、体を寄せてきた。

「逃げる？」

浪太郎は驚いて聞き返す。

「浪太郎さんとどこか遠いところでふたりで暮らすのもいいかなと思ったのよ」

「なぜ、そこまで俺に？」

「浪太郎さんは、あえて身を持ち崩そうとしている。そんな浪太郎さんを見ていて、私と同じだと思ったの。私もそう。捨《す》て鉢《ばち》になって自分を汚そうとしてきたわ。そうじゃないと、伝蔵なんかと暮らしてはいけないもの。だから、蓮《はす》っ葉《ぱ》な女になろうと振る舞ってきた。だけど、自分を偽《いつわ》っての毎日なんて楽しくないわ。浪太郎さんには私みたいになって欲しくないの」

「おつやさん」

「でも、もう無理ね。忘れて」

おつやはいきなり立ち上がり、

「そろそろ出かけなきゃ」

と、気遣うように言った。

「うむ。行ってくる」

浪太郎も腰を上げた。

「仕事が終わったら俺とどこかに……」

浪太郎はおつやの肩を引き寄せて言った。

「そう出来たら、どんなにいいか。さあ、遅くならないうちに出なさいよ」

「伝蔵さんは？」

「もう出たわ」

「そうか、じゃあ、行ってくる」

浪太郎は階下に行った。

「気をつけてね」

おつやに見送られて、浪太郎は鬼夜叉一味が全員集合する明石町の隠れ家《が》に向かった。一味の者は各地に分散して住んでいた。仕事の間近に全員が集まるという。

稲荷橋を渡って鉄砲洲稲荷の前に差しかかったとき、稲荷のほうから猫が駆けてきた。浪太郎の足元で止まった。

可愛い顔を向けた。浪太郎は思わずしゃがんで抱き上げた。にゃあと可愛い声で鳴いた。浪太郎は思わず顔を綻《ほころ》ばせた。

そういえば子どものころ、猫を飼っていたな。その猫が老衰で死んだとき、泣きじゃくったことがあったっけ。浪太郎はほろ苦い思い出に胸が熱くなった。

そこに若い男が駆け寄ってきた。

「すまねえ」

男は息を弾ませ、

「その猫を探していたんだ」

と、言う。

「あんたの猫か」

浪太郎は不思議そうにきいた。

「いや、そうじゃねえ。俺は猫の蚤取《のみと》りをしている太助っていうんだ。逃げた猫を探し出す仕事をしている」

「猫を探し出すのも仕事になるのか」

「そうさ。見つけると、だいぶ謝礼がもらえるんだ」

「そうかえ。じゃあ」

浪太郎は猫を男に渡した。

「すまねえ」

猫を受け取って、

「謝礼をもらったら礼がしたい。どこに住んでいなさるね」

「俺は何もしちゃいねえ。猫が勝手に足元にやって来ただけだ」

「それにしたって、あんたのおかげだ。せめて、名前を教えてもらっていいかえ」

「猫一匹のことで大仰《おおぎょう》だな」

「そんなことはねえ。あっしは猫のおかげで食わしてもらっているんだ。猫の飼い主だって家族と思っているんだ」

「そうか」

浪太郎は猫について熱っぽく語る男が好ましく思えた。

「俺は……。いや、よそう」

「じゃあ、どこに行けば会えるか教えてくれないか」

「明日はどこにいるかわからないんだ」

「明日？」

「いや明後日《あさって》かもな、気にしないでいい。また、縁があったら会おう」

浪太郎は太助に別れを言い、先を急いだ。

途中、振り返ると、太助が見送っていた。


居酒屋の店の中をすり抜け、厳重な見張りの中を、浪太郎は隠れ家の二階座敷に入った。間の襖を外して広くなった部屋に、十人以上の男たちが集まっていた。

「浪太郎、遅かったな。ここへ来い」

そう声をかけたのは、伝蔵だった。

一瞬、見間違えた。気弱そうな、貧弱な年寄りだと思っていたが、鬼夜叉のお頭の隣《となり》に座った伝蔵は別人のようだった。

「ここだ」

伝蔵は、自分の脇に浪太郎を座らせた。

床《とこ》の間を背に、お頭を真ん中にして左右に伝蔵と三沢半兵衛が座っている。その三人に対面するように音松ら手下が十人以上も正座していた。

ここにいるのが、各地で押込みを働いてきた悪名高い鬼夜叉の一味なのだろう。よく見れば、精悍《せいかん》かつ悪どい顔つきの面々ばかりだ。

「いよいよ、明日決行だ」

そう言い出したのは伝蔵だった。

「もう一度確認のために言っておく」

伝蔵は切り出した。

「明日の夜、ここにいる浪太郎が『戸倉屋』に帰る」

いきなり自分の名が出され、浪太郎はあわてた。

「いいな、浪太郎」

伝蔵が今まで見せたことがないような鋭い顔を向け、

「おめえは明日の夜、五つ半（午後九時）ごろ、『戸倉屋』の潜り戸を叩くのだ。体の具合が悪く、一晩休ませてくれと言えばいい」

「もし、それでも入れてくれなかったらどうするんですか」

浪太郎は遠慮がちにきいた。

「戸口で具合悪そうにしゃがみ込めば、必ず入れてくれる。世間体《せけんてい》があるからな。たとえ勘当したとはいえ、おまえさんは『戸倉屋』の人間だったのだ。具合が悪いのに家にも入れずに凍《こご》え死なせたら世間の評判をなくす」

伝蔵は含み笑いをし、

「おめえは『戸倉屋』に引き入れられる。寝床をあてがわれ、寝かされるだろうが、四つ（午後十時）過ぎに、音松が指笛《ゆびぶえ》を吹く。問題なければ、庭に出て裏口の戸の閂《かんぬき》をはずせ。そして、塀《へい》の外に紙でくるんだ石を投げろ。それが、屋敷内に不審な点がないという合図だ。いいな」

「わかりやした」

浪太郎は頷く。

「俺たちは四つ半（午後十一時）に裏口から忍び込む」

伝蔵は声に力を込めたが、

「もし、石が投げ込まれなかったら、中で何か異変があったと考え、押込みは中止だ」

と、付け加えた。

「その場合、次の風の強い日に、『戸倉屋』に火をつけ、その混乱に乗じて土蔵の中の金を奪う」

何がなんでも『戸倉屋』から金を奪おうとする執念に、浪太郎はぞっとした。

「押し込んだあとの役割は以前のとおりだ。殺しは三沢さまにお願いする」

伝蔵が言うと、半兵衛は含み笑いを浮かべた。

無気味な笑みだ。

「お頭、何かございますかえ」

伝蔵が鬼夜叉のお頭に顔を向けた。

「みなさん、今回は以前の報復の意味合いもあります。思い切って暴れていただきたい」

「へい」

一同が一斉に返事をした。

「浪太郎さん」

お頭が浪太郎に声をかけた。

「ここにいる者たちは、みなおまえさんの活躍を期待しているのです。よろしく頼みましたよ」

「へい」

「浪太郎」

今度は伝蔵が呼びかけた。

「うまくやったら、あのことは目を瞑《つむ》ってやる」

「あのこと……」

あっと、浪太郎は声を上げそうになった。おつやとの仲だ。

「へえ」

浪太郎は俯いた。

「音松。『戸倉屋』の様子はどうだ」

「まったく、町方の警戒もありません」

「そうだろうな。まさか、『戸倉屋』を襲うなど、想像もしていないのだろう」

伝蔵は余裕を見せ、

「明日は暮六つ（午後六時）にここに集まる。簡単に酒を酌《く》み交《か》わし、五つ半にばらばらにここを出る。東堀留川《ひがしほりどめがわ》に船を用意しておく。そこで着替え、匕首《あいくち》を呑んで時間まで待つ。そこから、『戸倉屋』まで目と鼻の先だ。帰りは全員船で逃げる。船の手配もいいな」

「だいじょうぶです」

仲間のひとりが応じた。

「他に何かあるか」

伝蔵が一同を見回した。

「なければ、散会だ。ごくろう」

「へい」

と、手下たちはてんでんばらばらに立ち上がった。

「浪太郎」

音松が近づいてきた。

「明日、だいじょうぶか」

「ああ。だいじょうぶだ。そんな難しいことをするわけじゃねえ」

「おめえの心変わりを気にしているんだ」

「心配ない」

「ならいいが。もっとも裏切ったっておめえはもうまっとうな暮らしは出来ないんだ。観音の政を殺し、他人のかみさんを寝取ったんだからな」

「それは……」

「まあいい。すべては明日が終わってからだ。さあ、引き上げようぜ」

音松は立ち上がった。

浪太郎は『風雅堂』の前で音松と別れた。

裏口から入ると、おつやが待っていた。

「お帰りなさい」

おつやは浪太郎の顔を覗き込むように見て、

「なんだか疲れているようね」

と、きいた。

「だいじょうぶだ」

浪太郎は二階の部屋に行く。

おつやもいっしょに上がってきた。

「浪太郎さんは本気でやるつもり?」

いきなり、おつやがきいた。

「なにがだ?」

「押込みの手引きよ」

「やる」

浪太郎は自分自身に言い聞かせるように言った。

「親や兄弟のことが気にならないの？」

「もう親でも兄弟でもねえ。縁を切ったんだ」

「そう。後悔しないのね」

「ああ。するもんか」

「わかったわ」

「仕事が終わったら、いっしょにどこかに行こう」

「そうね」

おつやは気のない返事をした。

「どうしたんだ？」

浪太郎はきいた。

「何が？」

「きょうのおめえは何か変だ」

「そんなことないよ。明日の大仕事を考えて、ちょっと落ち着かないけど」

「それだけか」

浪太郎はおつやの微妙な変化が気になっていた。

「おつやさん。何か隠していることがあるんじゃないのか」

「何を隠すと言うのさ」

おつやが言い返す。

「それならいいんだが……。なんだかいつものおめえと違うような気がしたんだ。いつもは気の強い女だと思っていたが、今はなんだか弱々しく思えるんだ」

「…………」

「ほんとうになんでもないんだな」

浪太郎は念を押した。

「当たり前じゃないか」

「今になって疑問に思うんだ」

「なにがだえ」

「おめえが俺に近づいたことだ。伝蔵さんと夫婦だと知ってからは、俺は伝蔵さんに同情していた。奔放《ほんぽう》なかみさんに振り回されている気弱な亭主だったからな。だが、仲間の前ではたいした貫禄《かんろく》だった。ここにいる伝蔵さんはわざと本性を隠している。冴えない年寄りというのは偽《いつわ》りだ」

「それがどうしたと言うのさ」

「おめえは伝蔵さんに言われて俺に近づいたんじゃないのか」

「………………」

おつやはため息をついた。

「そうなんだな」

「そうよ。でも、それだけじゃあ……」

おつやが認めた。

「やはり、そうだったのか。伝蔵さんはどうしてそんな真似を？」

「浪太郎さんが『戸倉屋』のことで心変わりをしないようにするため」

「そうか。俺が押込みに手を貸さないと言ったら、俺の女房に手を出したと、俺を脅《おど》すつもりだったのか」

「そうよ。でも、その心配はなさそう」

観音の政を殺したのも同じ理由だ。もし、俺がいうことをきかなければ、その件ででも脅して押込みを手伝わせようとしたのだろう。

「だったら、なぜ急におめえの態度が変わったんだ？　いや、何度でも言うが、近頃のおめえの俺に見せる態度はいじらしいほどだ。最初は命じられて誘惑していたけど、だんだん情が湧《わ》いてきたなどという言い訳はきかねえぜ」

浪太郎は激《げき》してきた。

やはり、明日のことを考えて心が乱れているのだろうか。

「おつやさん。いってえ、何を隠しているんだ」

「何も……」

「昼間、こう言っていたな。今度の仕事が終わったら、あんたと会えなくなるのかと思うとって。いくら情が湧いたといえど、伝蔵さんから頼まれただけの関係だ。それにしちゃ、おめえの様子は……」

「浪太郎さん。おまえさんの役目は一味を引き入れるだけよ」

「そうだ。それだけだ。俺には押込みなんて真似出来ねえ。だから、引き入れるだけだ。それがどうしたんだ？」

のらりくらりしているおつやに、浪太郎は無性にいらだってきた。

「言ってくれ」

「ほんとうはおまえさんは……」

「よすんだ」

いきなり障子が開いて、伝蔵が現われた。

「おまえさん」

おつやが目を見開いた。

「下に行ってな」

伝蔵は凄味を滲《にじ》ませて言う。

何か言いかけたが、おつやはそのまま階下に行った。

伝蔵は浪太郎の前に立った。

「まあ、座れ」

そう言い、伝蔵はあぐらをかいた。浪太郎も腰を下ろした。

伝蔵の鋭い視線に、浪太郎は射《い》すくめられた。

「おつやはな、俺が昔、押し入った商家の娘だ。一家を殺したが、まだ子どもだったおつやだけは殺さず、連れて逃げた。十七歳になった五年前、お頭が女房にしたいと言い、渡した。三年後に、お頭は新しい女を見つけ、おつやはお払い箱になったんだ。それから俺と暮らしている」

「おつやさん、可哀《かわい》そうに」

思わず、浪太郎が呟《つぶや》いた。

「そう思うなら、おめえが面倒をみてやれ、仕事が無事に終わったら、おつやをおめえにやる」

物みたいな言い方に反発を感じたが、浪太郎はおつやを伝蔵のそばに置いておくことは出来ないと思った。

「ほんとうだな。もう、おつやさんに手出しをしないな」

浪太郎はむきになって言う。

「ああ、しねえよ。ただし、明日の仕事が無事終わってからだ」

伝蔵はにやついた。

「わかった」

「よし、それじゃ、明日に備えてきょうはゆっくり休むんだ」

伝蔵は立ち上がって部屋を出て行った。

こうなったらやるしかない。そう思ったが、胸に重しを載せられたような圧迫感に、浪太郎は押しつぶされそうになった。

五

その夜、剣一郎の屋敷に太助が駆け込んできた。京之進を呼び寄せてあったので、剣一郎は太助の話をふたりで聞いた。

「やはり、明石橋袂の居酒屋に浪太郎が入って行きました。半刻（一時間）後に、ぞろぞろ十人ぐらい出てきました。途中で居酒屋を覗きましたが、客は数人でした。やはり、裏口を出て、別の場所に行っていたんだと思います。そうそう、『風雅堂』の亭主も出てきました。誰かが、明日暮六つだと言ってました」

「一味が全員集まったようだな。いよいよ押込みの決行が近づいたようだ」

剣一郎は全員を集めて押込みの算段をしたのだろうと思った。

「明日暮六つだと言ったのは……決行前の集結か」

「さきほど、浪太郎に住まいをきいたら、明日からはどこにいるかわからないんだと答えました」

「明日からはどこにいるかわからないか。やはり、押込みの決行は明日だ」

剣一郎はそう睨んだ。

「では、明日、『戸倉屋』に浪太郎が現われるのですね」

京之進が緊張した面持《おもも》ちで言う。

「必ず、現われる」

「では、明日の夜、『戸倉屋』周辺に捕り方を集めましょう」

「だが、出来ることならば、その前になんとかしたい」

浪太郎をなんとか助けたいのだ。押込みの一味として、『戸倉屋』の敷居を跨《また》がせたら、浪太郎も捕えざるを得ない。

「太助。そなたは明日、ずっと浪太郎を見張るのだ」

「わかりました」

「京之進、岡っ引きに明石橋袂の居酒屋をそれとなく探らせろ。敵は用心深そうだ。十分に気をつけてな」

「はっ」

京之進は答える。

「おそらく、一味は隠れ家に集結して『戸倉屋』に向かうであろう。最良なのは、隠れ家を急襲出来ればいいのだが、少し難しいところがある」

剣一郎は口にした。

「それはなんでしょうか」

「こっちが鬼夜叉一味の面を知らないことだ。その集まりが、鬼夜叉一味かどうか、どうやって判断するか」

剣一郎は考えながら、

「音松が鬼夜叉一味だという証もないのだ。こっちが勝手にそう決めつけているだけだ。踏み込んでも、何かの寄合《よりあい》だとか言い逃れをするかもしれぬ」

「しかし、奴らは黒装束《くろしょうぞく》になって……」

「どうやって『戸倉屋』まで向かうかわからないが、はじめから怪《あや》しげな格好では出かけないはずだ。誰かの目にとまれば、疑われる。明石橋に近いということは、船で黒い装束や地下足袋《じかたび》、凶器などを移動させることも考えられる」

「そうですね」

「こうなれば、火盗改《かとうあらため》の手を借りるしかないな」

「火盗改ですって」

京之進が不満そうに、

「火盗改は我らに手を引かせて、自分たちだけで鬼夜叉を捕らえようとしているんです。そんな連中に手柄を分け与えるのですか」

珍しく、京之進が反論した。

「京之進の気持ちはよくわかる。だが、我らが鬼夜叉を捕まえるのは手柄のためではない。江戸の人々の平和と安全を守るためだ。火盗改に恩を売っておくのも今後のためにもなろう」

「確かに、そうでした。すみません、取り乱したりして」

「いや。じつはほんとうの狙いは時蔵だ」

「時蔵？」

「一味の中に銀次と留蔵がいるはずだ。時蔵に見てもらう」

「なるほど。しかし、火盗改が素直に従うでしょうか」

「従わせなければなるまい」

剣一郎は強い決意で言い、

「では、明日は『戸倉屋』に目を配りながらも、本筋は一味の隠れ家だ。連絡場所は南茅場町《みなみかやばちょう》の大番屋にしよう」

京之進と太助は大きく頷いた。


翌日、剣一郎は、池之端仲町の『三国屋』の前にやって来て、向かいにある小間物屋に向かった。二階の部屋に、火盗改が詰めていることに気づいている。

剣一郎は深編笠のまま、

「亭主か」

「へい」

「二階に案内してもらいたい」

「えっ？」

亭主は驚いて、

「失礼ですが、どちらさまで」

と、おそるおそるきいた。

剣一郎は深編笠をとった。

「青柳さま」

梯子段から先日の火盗改与力が駆け下りてきた。

「なぜ、ここに？」

非難するような口調だ。

「大事なお話があります。二階に上げていただいてよろしいですか」

「最初から気づいておったのか」

火盗改与力はいまいましげに言ったが、剣一郎は勝手に梯子段を上がった。

二階の小部屋は数人の武士と密偵《みってい》らしき男がいた。ある者は壁に寄りかかり、ある者はふとんをかぶって横になっていた。

湯呑みや食い物の残り、ごみも散らかっていて、見張りに飽《あ》いた様子が見てとれた。

「この強引な振《ふ》る舞《ま》い、いったい何事か説明していただこう」

火盗改与力が憤然《ふんぜん》と言う。

「きょうまで『三国屋』を張ってきて何か手応えはありましたか」

「…………」

「鬼夜叉の狙いはここではありません」

「どこだと言うのだ？」

「『戸倉屋』です」

「まさか」

他の連中も疲れた顔を剣一郎に向けた。

「鬼夜叉はしくじったままにしないのです。狙いを『戸倉屋』に向けています。そして、決行は今夜」

「はったりだ」

壁に寄りかかっていた侍が体を起こして叫《さけ》んだ。

「隠れ家は明石町にあります」

「なぜ、そこまでわかるのだ」

「じつは、『戸倉屋』の伜浪太郎は親に勘当されました。その浪太郎に近付いた男がいます。音松といい、鬼夜叉一味の者と思われます。我らは、浪太郎の行方をさがしているところで音松のことに気づいたのです。その音松が明石町にある隠れ家に通っています。ただ、音松が鬼夜叉一味であるという確たる証がなく、隠れ家に踏み込むことに躊躇《ちゅうちょ》しています」

剣一郎は火盗改の連中を見回し、

「そこで、時蔵を我らに返していただきたいのです。時蔵は銀次と留蔵を知っています。隠れ家に銀次と留蔵がいればまさしく鬼夜叉一味」

「断る」

火盗改与力は吐き捨てるように、

「我らが時蔵の自白を引き出したのだ。その手柄を奉行所に渡すつもりはない」

「愚かな」

剣一郎は首を横に振る。

「火盗改の方々は己の功名心《こうみょうしん》のために働いているようですが、まるで見当外《けんとうはず》れの探索をしていることにまだお気づきにならないのですか」

「なんだと」

「拷問《ごうもん》は絶対だと信じてはいけませせぬ。おそらく、時蔵は拷問の苦痛から逃れるために、火盗改の考えに沿った話を作り上げたのでしょう」

「………」

「いいですか。はっきり申します。ここにいても時間の無駄です」

「言わせておけば……」

火盗改与力が憤然とした。

「他の方々はどう思っているのですか。ここで待っていれば鬼夜叉一味が現われると本気でお思いか」

剣一郎はこの場にいる者たちの顔を見た。返事はなかった。

「断じて、時蔵は渡さぬ」

「わかりました。よいでしょう。では、我らは隠れ家を急襲することを諦《あきら》め、『戸倉屋』で鬼夜叉一味を待ち受けることにします。よく、お考えあれ」

剣一郎は声を張り上げた。

「鬼夜叉一味が『戸倉屋』に押し込んだとき、火盗改はまったく関係のないところを見張っていた。そういうことになりましょう。しかし、それを望んだのはあなた方ですから。いちおう、私が忠告したことだけはお忘れなく」

剣一郎は啞然としている火盗改の連中を残して部屋を出て行った。

浪太郎は思わずうめき声を発した。いよいよ今夜だと思うと身震《みぶる》いが止まらない。勘当されたとはいえ、自分の実家が鬼夜叉一味に蹂躙《じゅうりん》されようとしている。そして、その片棒を担《かつ》ごうとしているのだ。

確かに、俺は親父も浪二郎も恨んでいる。跡継ぎなのに、『戸倉屋』を追い出されたのだから、恨むのは当たり前だ。

だが、その恨みは殺したいほどか。『戸倉屋』に莫大《ばくだい》な被害を与えたいと思うほどの憎しみか。

違うと、浪太郎は心の内で叫《さけ》んだ。

「浪太郎さん、いい？」

障子が開いて、おつやが入ってきた。

「浪太郎さん、逃げよう」

おつやが声をひそめて言う。

「どこへ逃げるんだ。先立つ物だってないんだ」

「私が水茶屋か料理屋で働くわ」

「逃げたって、どこまでも追い掛けてくるはずだ。伝蔵さんが決して許すものか」

「仕事がうまくいっても浪太郎さんは殺されるのよ」

「仕事がうまくいったら、おつやさんを俺にくれると言ったんだ」

「嘘よ。それは嘘なのよ。だって、浪太郎さんはお頭の顔さえ見ているんだから。いけない、帰ってきたみたい。また、あとで」

階下の物音に、おつやは急いで部屋を出て行った。

おつやの言葉が耳朶《じだ》に残っている。

仕事がうまくいっても浪太郎さんは殺されるのよ。おつやの言うとおりだ。俺はお頭をはじめ、一味の全員と会っているのだ。俺が捕まったら、一味のことがすべて明らかになってしまう。そんな危険な人間を野放しにしておくまい。最初から俺を殺すつもりだったのだ。

仕事がうまくいこうがいくまいが、そしていまここから逃げだそうが、いずれ捕まって殺されるのだ。

俺の人生はもうじき終わろうとしている。そのことにはじめて気づいた。死をはじめて意識して、今まで気づかなかったことに目が行くようになった。

俺をここまで育ててくれたのは親父でありお袋だ。浪二郎だって、俺のことを兄さん、兄さんと言って慕《した》ってくれた。俺がこんなになったのは誰の責任でもない。冷静に考えてみれば、『戸倉屋』の跡を継ぐのは浪二郎のほうがふさわしいのだ。

俺は死ぬのだ。だったら、親父や浪二郎、そして『戸倉屋』の役に立って死んでいこう。そう心に決めたとき、目の前に明かりが射したような気がした。

ふと猫の鳴き声が聞こえた。浪太郎は急いで窓の外を見た。きのうの猫の蚤取りの男がいた。

浪太郎は部屋を出て梯子段を駆け下りた。

「どこへ行くんだ？」

伝蔵が険《けわ》しい声できいた。

「猫だ」

「猫？」

浪太郎は外に出た。

辺りを見回しながら猫の鳴き声がするほうに向かった。気がつくと、大川《おおかわ》の波打ち際にきていた。

草むらに丸めた背中が見えた。浪太郎は近づいて声をかけた。

「太助さん」

驚いたように太助は立ち上がって振り向いた。

「あっ、あんたは？」

太助は人懐こい笑みを浮かべた。

「こんなほうまで猫を探しにきたのか」

「猫がいたんでやって来たんだが、探している猫とは違った」

「そうかえ。じつはきのう答えなかったことを話そうと思って追ってきたんだ」

「なんだえ」

太助が不思議そうな顔をした。

「まず、俺の名だ。浪太郎だ」

「えっ、浪太郎さんって、ひょっとして『戸倉屋』さんの？」

「どうして知っているんだ？」

浪太郎は警戒した。

「いや、別に」

「まあいい。あんたに頼みがある」

「なんでえ」

「この先に『風雅堂』という骨董屋がある。そこに、おつやという若い女がいる。明日からひとりぽっちになる。おつやは悪い連中の仲間ではない。主人の伝蔵という男が昔押込み先で家族を殺した。その生き残りの子どもだった女だ。力になってくれ」

「なんで俺に？」

「猫を抱いている姿を見たら信頼がおけると思ったんだ。頼んだぜ」

あっけにとられている太助を残し、浪太郎は引き返した。周囲を見回したが、人影はなかった。

剣一郎が南茅場町の大番屋に行くと、太助が待っていた。

「青柳さま」

太助が弾んだ声で、

「浪太郎があっしに話しかけてきました」

そう切り出し、

「『風雅堂』という骨董屋のおつやという若い女が明日からひとりぽっちになるから力になってくれと」

「明日からひとりぽっち？」

「主人の伝蔵という男が昔押込み先で家族を殺した。その生き残りの子どもだったと話していました」

「浪太郎が追ってきて話したのか」

「はい」

「伝蔵も鬼夜叉の仲間だ。ひとりぽっちになるというのは伝蔵に何かあるということか」

ひょっとして、浪太郎は鬼夜叉一味と対決するつもりではないのか。

そこに京之進がやって来た。

「捕り方の手配がすみました。暮六つまでに、西本願寺《にしほんがんじ》に集結いたします」

「よし、ごくろう」

剣一郎は応じてから、

「浪太郎が妙なことを太助に頼んだそうだ」

「浪太郎が？」

「太助、そなたから経緯《いきさつ》を説明するのだ」

「へい」

太助が浪太郎と出会ったときからの経緯を話している間、剣一郎は浪太郎の真意を考えた。

浪太郎は何を考えているのか、ひとりで何をしようとしているのか。いずれにしろ、隠れ家を急襲することにもはやためらいはなかった。

六

部屋の中が暗くなってきた。浪太郎は立ち上がった。

「どうしても行くの？」

おつやが浪太郎にきいた。

「おつやさん、出会えてよかったぜ。勘当されてよかったのはおめえに会えたことだ。達者《たっしゃ》でな」

「浪太郎さん、死ぬつもりね」

「…………」

「いや」

おつやが浪太郎にしがみついてきた。

「俺の命なんてたいした価値はねえ。おとっつあん、おっかさん、浪二郎の方が万倍も大事なんだ」

浪太郎はおつやを引き離し、

「未練を残させないでくれ」

と、顔を背《そむ》けた。

「じゃあ、出かける」

「浪太郎さん」

おつやが泣き崩れるのがわかった。最初は気の強い女だと思っていたが、今はまったく印象が違った。

おつやさん、いい人生を歩め。俺は『戸倉屋』を守るために死んでいく。そう思いながら、階下に行く。

すでに伝蔵は出かけていた。台所から出刃《でば》包丁をとり手拭《てぬぐ》いでくるんで懐《ふところ》に呑んだ。それから、浪太郎は『風雅堂』を出た。

大川から吹きつける風は冷たい。不思議なことに、今まで心の中で荒れ狂っていたさまざまな思いがきれいになくなっていた。

親父に対する恨みつらみ、浪二郎に対する嫉妬《しっと》、奉公人たちに対する怒りも一切なくなっていた。『戸倉屋』を守るために死んでいく。そのことに、清々《すがすが》しさを覚えていた。

　稲荷橋を渡って鉄砲洲稲荷の前に差しかかったとき、猫の鳴き声を聞いた。浪太郎はそのほうに目をやった。

　すると、鳥居《とりい》の脇の暗がりに、誰かが立ってこっちを見ているのがわかった。浪太郎は立ち止まった。太助だった。

　太助が近づいてきた。

「浪太郎さん、あっしもさっき答えなかったことを話そうと思って待っていたんだ」

「…………」

「じつはあっしは青痣与力の青柳さまと親しいんだ。青柳さまが『戸倉屋』の旦那から浪太郎さんを探してくれと頼まれていた」

「親父が青柳さまに……」

　浪太郎は深呼吸をした。

「青柳さまからの言《こと》づけだ。ひとりで無茶な真似はやめろと」

「えっ？」

「浪太郎はひとりで鬼夜叉に向かっていくつもりだと、青柳さまは仰《おつしや》っていた。もし、そうならやめるんだ。あとは青柳さまに任せるんだ」

「青柳さまは何もかも……」

「今夜、鬼夜叉一味は『戸倉屋』に押し込むつもりじゃねえのか。その前に、明石町にある隠れ家に一味は集結する」

「そこまで知っていたのか。そうだ、明石橋の袂にある居酒屋は鬼夜叉一味の者がやっていて、その居酒屋の裏にある二階家が一味の隠れ家だ。暮六つにそこに集まることになっている。俺もこれからそこに向かうところだ」

「いいですかえ。無茶しねえでくれ。あとは青柳さまに」

「わかった、じゃあ、怪しまれるといけねえから」

浪太郎は太助と別れ、隠れ家に急いだ。


暮六つの鐘《かね》が鳴り出した。

西本願寺の境内《けいだい》に捕物出役《とりものしゆつやく》の同心や小者たちも集結していた。剣一郎も京之進とともに西本願寺に移動していた。

太助が山門を駆け込んできた。

「浪太郎に会いました。居酒屋の裏にある二階家が一味の隠れ家で、一味は暮六つに集まることになっているそうです」

「よし」

京之進が気合をいれるように声を発した。

「では、隠れ家の周囲を取り囲みます」

「うむ。ひとりも逃《のが》してはならぬ。音松以外、顔がわからぬから怪しいと思われる人間はともかく捕らえておくのだ」

剣一郎は注意を与えた。

そのとき、山門を侍の一団が入ってきた。火盗改だ。その中に、時蔵がいた。だいぶ憔悴《しょうすい》しているようだった。

「時蔵をつれてきた」

火盗改与力が言った。

「我らも手を貸す」

「お願いいたします。京之進と打ち合わせを」

「わかった」

「時蔵。大事ないか」

剣一郎は声をかけた。

「へい」

「銀次と留蔵を探してもらう。頼んだ」

「わかりやした」

時蔵は武者震《むしゃぶる》いのように体を震わせて答えた。


昨夜と同じように、二階の二間に全員が集まったが、何かぴりぴりした空気が張りつめていた。

大仕事を前にした緊張感かと思ったが、いきなり伝蔵が叫んだ。

「浪太郎、さっき鉄砲洲稲荷の前で誰と会っていたのだ？」

「猫の蚤取りです。逃げた猫を探している男です」

「何を話していたんだ？」

「たいしたことじゃねえ」

浪太郎は何か異変を感じた。

「おめえ、裏切ったな」

「何を言うんだ。猫を探している男と立ち話をしただけだ」

浪太郎は反論する。

「お頭、どうします？」

伝蔵が鬼夜叉にきいた。

「やめましょう」

「わかりやした」

伝蔵は手下に向かい、

「今夜の押込みは中止だ」

と、叫んだ。

「浪太郎を押さえろ」

その声で、手下がふたり、両脇から浪太郎の腕をとった。

「なにしやがるんだ」

浪太郎は暴れたが、押さえつけられて身動き出来なかった。

伝蔵が近付き、浪太郎の懐から手拭いにくるんだ出刃包丁を取りだした。

「こんなものを呑んでいやがって」

伝蔵が吐き捨て、

「これで何をするつもりだったんだ？　まさか、お頭を殺るつもりだったのか」

「ちくしょう。おまえたちに『戸倉屋』を汚《けが》されてたまるか」

「勘当の身でえらそうに」

伝蔵は口元を歪め、

「こいつを八つ裂きにし、『戸倉屋』に送り届けるんだ」

「ちくしょう」

「音松、てめえが始末つけろ」

伝蔵は音松に出刃包丁を渡した。

「わかった」

音松は出刃包丁を握《にぎ》り、

「てめえ、あんなに面倒をみてやったのに虚仮にしやがって。許せねえ」

と、浪太郎のむなぐらを摑《つか》んだ。

殺されると思った。だが、青痣与力も知っている。これで『戸倉屋』が守れると思えば安いもんだ。浪二郎が立派に『戸倉屋』を継いでくれるだろう。俺はそれで満足だ。

「覚悟しやがれ」

「待て。庭でやりなさい。汚れますからね」

鬼夜叉が止めた。

「へい」

浪太郎が部屋を引きずりだされそうになったとき、階下がさわがしくなった。

剣一郎は居酒屋を突っ切り、裏にある二階の土間に入った。

「勝手に入ってきやがって」

厳《いか》めしい顔の居酒屋の亭主が追い掛けてきた。

「尋《たず》ね人だ。上がらせてもらう」

剣一郎は勝手に梯子段を上がった。

真ん中の襖を外した広間に、十数人の男が集まっていた。床の間を背に、宗匠頭巾の男を真ん中にして、大柄な侍と初老の鋭い顔つきの男がいた。

「寄合か。すまないが、尋ね人だ」

剣一郎はそういい、ずかずかと部屋に入り込んだ。手下らしい男たちはいっせいに立ち上がり、剣一郎を取り囲んだ。

「青柳さまとお見受けいたします。いったい、何の真似でございましょうか」

宗匠頭巾の男がきいた。

「『戸倉屋』の主人に頼まれ、浪太郎を探している。この家に入ったという知らせがあって連れ戻しにきた」

「浪太郎さん、さて存じませんな」

「そんなはずはない。いるはずだ」

隣の部屋から物音がした。

「探しても構《かま》わぬか」

「困ります」

宗匠頭巾の男が鋭く言う。

「そなたは？」

「私は俳諧《はいかい》の師匠をしています。きょうは連句《れんく》の会の集まり」

「どう見ても俳諧をするような者たちには見えぬが」

「申し訳ありません。どうかお引取りを」

「じつはあとふたり、探している。銀次と留蔵という男ふたり。この中にいるはずだ」

「青柳さま。なんのご冗談で」

初老の男がきいた。

「冗談ではない。そのふたりは『戸倉屋』に『は組』の半纏を着て現われた男だ。さあ、出してもらおう」

「そんな男はいませんぜ」

「そうかな」

手下の中で顔を隠すようにした男がふたりいた。

剣一郎は廊下に出て窓を開けた。

「そこのふたり」

顔を隠した男に呼びかけた。

「ここまで来てもらおう。さあ」

「なんでえ」

「来ればわかる」

渋々《しぶしぶ》ふたりが廊下に出た。

「手すり越しに下をみてみろ」

ふたりは揃《そろ》って下を覗いた。

「あっ」

ふたりは同時に顔を引っ込めた。

「どうした、銀次に留蔵。下に誰がいたかわかったか」

そのとき、激しい物音とともに襖が倒れ、浪太郎が逃げてきた。

「浪太郎」

「青柳さま」

浪太郎が駆け寄ってきた。

「鬼夜叉です」

浪太郎が宗匠頭巾の男を指さした。

突然、呼び子の音が夜陰《やいん》に響いた。と、同時に梯子段を駆け上がってくる足音が重なって聞こえた。

「もう、周囲は取り囲んである。おとなしくせよ」

現われた京之進が叫んだ。

「青柳さま。三沢半兵衛っていう遣い手が……」

浪太郎が告げると、大柄な侍が刀を抜き、捕り方を威嚇《いかく》しながら隣の部屋に鬼夜叉を逃がす。そこの窓から物干し台に出た。

三沢半兵衛が立ちふさがって捕り方を防いでいる。

「わしに任せろ」

剣一郎は半兵衛の前に出た。

「青痣与力、やっと相《あい》まみえたな」

「昌平橋で待ち受けていた御仁《ごじん》だな」

「そうだ。きょうこそ決着をつけようぞ」

「よし」

満天の星に北風が吹きすさぶ。

いきなり、半兵衛が抜き打ちに斬りつけてきた。剣一郎も抜刀し、相手の剣を弾《はじ》いた。

「その剣で何人の罪なき者たちを斬ってきたのだ」

「押込み先でひとを斬るたびに、ひとを殺すことに愉悦《ゆえつ》を覚えるようになった。何人斬ったか、もはや数え切れぬ。この剣は血に飢《う》えている」

そう言い、上段から斬りつけた。剣一郎は踏み込んで鎬《しのぎ》で受け止めた。狭い物干し台では自由に動き回れない。

「荒れた剣だ」

相手の剣を押し返しながら剣一郎は言う。

「そなたの心の荒《すさ》みが剣に現われている」

「黙れ。剣に荒みなど関係ない。要は相手を斬ることだ。これまで斬った相手は手応えのない者ばかりだった。だから、そなたと剣を交《まじ》えるのを心待ちにしていた」

半兵衛は後ろに飛び退《の》く。だが、背後はすぐ手すりだ。

お互い正眼《せいがん》に構えた。剣先は触れ合わんばかりだ。常に斬り合いの間《ま》にある。だが、そのまま、お互い動けなかった。

庭からの歓声は、鬼夜叉が捕まったのだろう。部屋の中の激しい罵声《ばせい》もいまはなく、静かになっていた。

最初から斬り合いの間に入っていて、斬りつけるきっかけが掴めなかった。時間ばかりが経過していく。

先に動いたほうが負けだ。その不利を承知して剣一郎が仕掛けようとしたとき、半兵衛は剣を鞘《さや》に収め、右足を半歩前にだして腰を落とし、居合腰《いあいごし》に構えた。

剣一郎が動けば相手は素早く反応するだろう。居合の剣はさらに素早い。剣一郎はあえて仕掛けようと隙を窺う。

強風が剣一郎の背後から半兵衛の顔に向かって吹きつけた。その瞬間、剣一郎は動いた。剣一郎の体は大きく上に跳躍《ちようやく》した。半兵衛の抜き打ちの剣は剣一郎の足の下で空《くう》を斬った。

着地と同時に、剣一郎の剣は半兵衛の額《ひたい》を割《さ》いた。

半兵衛は笑みを浮かべた。

「さすが、青痣与力」

額から垂れた血が口に入る。

次の瞬間、かっと目を見開き、半兵衛は前へばったり倒れた。

「青柳さま」

京之進が駆け寄った。

「手ごわい相手だった」

剣一郎は血振《ちぶ》るいをして刀を鞘に収めた。

「鬼夜叉一味、全員捕らえました」

「よし」

「青柳さま。ありがとうございました」

浪太郎が近づいてきた。

「浪太郎、よくやった」

「いえ、私など」

「これから『戸倉屋』に行くんだ」

「とんでもない、私はこのまま別の場所に」

「ならぬ。ともかく、『戸倉屋』へ」

剣一郎は無理やりにでも浪太郎を『戸倉屋』へ連れて行こうとした。


浪太郎は『戸倉屋』の潜り戸をくぐった。

「浪太郎、よく帰ってきた」

浪右衛門が迎えた。おふさも出てきていた。

「兄さん、お帰り」

浪二郎が微笑みかけた。

「浪二郎、元気そうだな。よかった」

「さあ、ともかく上がれ」

改めて、居間で向かい合った。

「話は太助さんから聞いた。よく、『戸倉屋』を守ってくれた」

太助が先回りをして事情を話していたようだ。

「おとっつあん、おっかさん、私のわがままで迷惑をかけました。浪二郎、おまえにもいやな思いをさせてすまなかった」

「そんなことないさ」

「これからも『戸倉屋』を守ってくれ。私も陰ながら応援をさせてもらうよ」

「何を言うんだ兄さん」

浪二郎はむきになって、

「『戸倉屋』は兄さんが跡を継ぐんじゃないか」

「勘当されるような男が跡を継いだってうまくいくはずはない。浪二郎、おまえのほうがふさわしい」

「浪太郎」

浪右衛門が口を開いた。

「勘当はしていないよ」

「えっ？」

「親戚の者も騒いで、そんな話になったが、浪二郎が止めたんだ」

「いや、おとっつあんだって、はじめから勘当なんてするつもりはなかったんだ」

「大工の甚五郎親方のところに行くだろうと思ったのだ。それが、妙なことになってな」

浪右衛門が目を細めた。

「でも、どうして。もし、俺が何かしでかしたら責任をかぶってしまうじゃないか」

「おとっつあんと浪二郎が、おまえが悪いことをするはずないといって、勘当の手続きはとらなかったんだよ」

おふさが涙を流しながら微笑んで言った。

「おまえに厳しく当たったのは『戸倉屋』の跡継ぎとして立派になってもらいたかったからだ。それから音曲《おんぎよく》を習わしたり、吉原通いを認めたのもおまえをないがしろにするためではないのだ」

浪右衛門は続けた。

「わしはずっと堅物《かたぶつ》で通ってきた。寄合でも、わしはなんの芸もない。商売の幅を広げるにももっと柔らかい部分が必要だと考えていたんだ」

「おとっつあん」

浪太郎の頰《ほお》を涙がつたった。

「私はそんな気持ちをくみ取れず、かってに僻《ひが》んで……」

浪太郎は拳《こぶし》を自分の膝に打ちつけてむせび泣いた。

「そうそう、おまえを待っているひとがもうひとりいる」

浪右衛門は手を叩いた。

襖が開いて女が入ってきた。

「おつやさん……」

浪太郎は目を見張った。

「浪太郎さん、よくご無事で」

「太助さんが連れてきてくれたんだ。浪太郎、おつやさんといっしょにここに帰ってこい」

「でも」

「浪二郎にもいい養子先があるのだ」

「兄さん。だから、帰ってきてくれ。おつやさんといっしょにお店を守っておくれな」

「浪二郎」

おつやもそばで泣いていた。

高四郎の四十九日の法要が終わり、小石川の屋敷に戻ってきた。

「早いものだ」

剣一郎は感慨《かんがい》深く言う。

「はい、まるでまだ夢の中にいるようです」

文七が答えた。

「高四郎に代わり、湯浅家を頼んだぞ」

「はい」

文七は力強く答えた。

「太助はよくやっているようですね」

「うむ。今回もずいぶん助かった」

「一度、太助とゆっくり話がしてみたいものです」

「いずれ、その機会を設《もう》けよう」

太助が骨を折ってくれたこともあって、浪右衛門夫婦はおつやを浪太郎の嫁に決めたという。

おつやもこれでやっと仕合わせになれる。いや、おつやという女房を得て、浪太郎も大きく飛躍出来るであろう。

浪太郎には話さなかったが、鬼夜叉もまた上州《じょうしゅう》の豪農の跡継ぎだったのだ。若い頃に博打《ばくち》に明け暮れて勘当の身となり、やがて盗賊の頭に拾《ひろ》われ、いつしかその一味を率《ひき》いるようになったという。伝蔵に先代の頭に仕《つか》えていた男だ。

食いっぱぐれ浪人だった三沢半兵衛を仲間に引き入れてから、押込みの手口はますます残虐《ざんぎゃく》になっていったという。

鬼夜叉や伝蔵、音松ら一味全員が死罪になったが、時蔵だけは火盗改の密偵《みってい》になったというのも妙な巡り合わせだと思った。

夜叉の涙

一〇〇字書評

切・り・取・り・線

購買動機（新聞、雑誌名を記入するか、あるいは○をつけてください）

□（　　　　　　　　　　）の広告を見て	
□（　　　　　　　　　　）の書評を見て	
□ 知人のすすめで	□ タイトルに惹かれて
□ カバーが良かったから	□ 内容が面白そうだから
□ 好きな作家だから	□ 好きな分野の本だから

・最近、最も感銘を受けた作品名をお書き下さい

・あなたのお好きな作家名をお書き下さい

・その他、ご要望がありましたらお書き下さい

住所	〒				
氏名		職業		年齢	
Eメール	※携帯には配信できません	新刊情報等のメール配信を 希望する・しない			

この本の感想を、編集部までお寄せいただけたらありがたく存じます。今後の企画の参考にさせていただきます。Eメールでも結構です。

いただいた「一〇〇字書評」は、新聞・雑誌等に紹介させていただくことがあります。その場合はお礼として特製図書カードを差し上げます。

前ページの原稿用紙に書評をお書きの上、切り取り、左記までお送り下さい。宛先の住所は不要です。

なお、ご記入いただいたお名前、ご住所等は、書評紹介の事前了解、謝礼のお届けのためだけに利用し、そのほかの目的のために利用することはありません。

〒一〇一―八七〇一
祥伝社文庫編集長　坂口芳和
電話　〇三（三二六五）二〇八〇

祥伝社ホームページの「ブックレビュー」からも、書き込めます。

http://www.shodensha.co.jp/bookreview/

祥伝社文庫

夜叉《やしゃ》の涙《なみだ》　風烈《ふうれつ》廻《まわ》り与力《よりき》・青柳剣一郎《あおやぎけんいちろう》

平成29年12月20日　初版第1刷発行

著　者　小杉健治《こすぎけんじ》
発行者　辻　浩明
発行所　祥伝社《しょうでんしゃ》
東京都千代田区神田神保町3-3
〒101-8701
電話　03（3265）2081（販売部）
電話　03（3265）2080（編集部）
電話　03（3265）3622（業務部）
http://www.shodensha.co.jp/

印刷所　堀内印刷
製本所　積信堂
カバーフォーマットデザイン　中原達治

Printed in Japan ©2017, Kenji Kosugi　ISBN978-4-396-34379-8 C0193

〈祥伝社文庫　今月の新刊〉

佐藤青南
たぶん、出会わなければよかった嘘つきな君に
嘘だらけの三角関係。それでも僕は恋をあきらめたくない。純愛ミステリーの決定版！

菊池幸見
走れ、健次郎
国際マラソン大会でコース外を走る謎の男!?「走ることが、周りを幸せにする」――原　晋氏

早見　俊
居眠り狼《おおかみ》　はぐれ警視　向坂《さきさか》寅太郎《とらたろう》
奴が目覚めたら、もう逃げられない。絶海の孤島で起きた連続殺人に隠された因縁とは？

小杉健治
夜叉《やしゃ》の涙　風烈廻り与力・青柳剣一郎
剣一郎、慟哭す。義弟を喪った哀しみを乗り越え、断絶した父子のために、奔走！

芝村涼也
楽土　討魔戦記
一亮らは、飢饉真っ只中の奥州へ。人が鬼と化す江戸怪奇譚、ますます深まる謎！

富田祐弘
信長を騙《だま》せ　戦国の娘詐欺《さぎ》師
戦禍をもたらす信長に、一矢を報いよ！　少女が挑んだのは、覇王を謀ることだった！

吉田雄亮
新・深川鞘番所
同心姿の土左衛門。こいつは、誰だ。凄腕の刺客を探るべく、鞘番所の面々が乗り出すが。